KB177995

# 톨락의 아내

TOLLAK TIL INGEBORG

# 톨락의 아내

토레 렌베르그 장편소설
손화수 옮김

자음과모음

차례

1

TOLLAK TIL INGEBORG

**입술 사이로 피가 흘렀다.** 이 하나를 손바닥 위에 툭 내뱉었다. 하루 종일 세차게 내리치던 비는 저녁 무렵이 되어서야 그쳤다. 하늘을 덮고 있던 구름도 하나둘 사라졌다. 혀끝에서 피 맛이 느껴졌다. 침을 삼키고 목을 가다듬었다. 먼지 낀 유리창 너머 서쪽 베스트마르카 들판을 비추어 내리는 반달이 보였다. 이제 몇 주만 더 있으면 11월이 찾아온다. 나는 잉에보르그가 사용하던 작은 램프로 다가갔다. 매일 저녁 식사를 마친 뒤 그녀는 램프 불빛 아래에서 책이나 신문을 읽고는 했다. 책을 좋아하는 여인. 손을 들어 얼얼한 뺨을 만져보았다. 위쪽의 어금니 하나. 포도주처럼 새빨간 피가 이 사이로 작은 강을 이루며 흘러내렸다. 욕실 세면대 위로 구부정하게 서서 침을 뱉었다. 피. 고개를 들고 거울 속의 얼굴을 찬찬히 살펴보았다. 세월을 머금은 얼굴, 눈 밑의 거뭇거뭇한 그림자, 퉁퉁 부은 입술, 뻣뻣한 턱수염. 나는 단 한 번도 거울 속의 내 얼굴을 좋아한 적이 없다. 혀끝으로 이를 훑었다. 조금 전까지만 해도 이 하나가 뿌리를 내렸던 자리에 구멍이 뻥 뚫려 있었다. 유리장식장을 열어 작은 솜뭉치 하나를 꺼냈다. 잉에보르그가 사용하던 것. 그녀가 남긴 물건은 아직도 집 안 여기저기에 고스란히 남아 있다. 이가 빠진 자리에 솜뭉치를 채워 넣었다. 피는 멈추지 않고 계속 흘러내렸다. 다시 침을 뱉고 고개를 든 채 손가락으로 이를 집어 들었다. 입속에서는 여전히 피가 철철 흘렀다. 갖가지 생각이 꼬리에 꼬리를 물고 머릿속을 스쳤다. 천천히, 생각의 자취가 만들어내는 그림자 속에서, 나는 곧 무슨 일이 일어날 것인지 이해할 수 있었다.

이것은 지난 수요일에 있었던 일이다.

나는 톨락. 잉에보르그의 남편이다.

나는 과거에 속한 사람.

여기는 내 자리이며, 나는 그 어디에도 속하고 싶지 않다.

+

**지금 몇 시쯤 되었지?**

오후 4시 30분.

오늘은 어떠한 동물도 보지 못했다. 모두 비를 피해 어디엔가 숨어 있는 것이다.

돌아갈 길은 없다. 검은 사냥개들이 나를 뒤쫓고 있다.

거뭇거뭇한 그림자가 드리운다. 마당, 외양간, 목재소. 서쪽에 자리한 허허벌판, 남쪽에 보이는 산봉우리. 평생 내 주변에서 서성거렸던 풍경들. 곧 거뭇거뭇한 그림자가 이것들을 덮어버릴 것이다. 빛이 잘 들어오지 않는 이곳, 하얗게 쌓인 눈은 단 하나의 위안이 될 것이다. 하지만 지금은 눈이 내리기에는 이른 때다.

11월.

잉에보르그가 자주 하던 말은?

톨락, 지금은 일 년 중 가장 가냘프고 엷은 시간이에요.

음, 그렇지.

겨울이 찾아오기 직전, 가을꽃이 하나둘 지는 때죠.

잉에보르그. 그녀는 참으로 아름답게 말하는 여인이다. 나는 그녀에게서 새로운 말을 많이 배웠다.

톨락, 우리가 함께할 수 있는 시간은 지금뿐이에요. 그러니, 당신은 내게 잘해야 해요.

음.

그랬다.

나는 한 여인을 향해 이 세상의 어떤 남자보다 더 큰 사랑을 품었던 사람이다. 그리고 나는 내게서 그녀를 앗아 간 그 지옥 같은 일을 증오한다.

**창문 너머 빛이 서서히 자취를 감추었다.** 집 안에는 한기가 돌기 시작했다. 벽난로에 장작 몇 개를 던져 넣었다. 축축한 습기와 곰팡이를 머금은 장작에 불이 잘 붙을 리가 없었다. 나는 지난 몇 년간 장작 말리는 일을 게을리했는데, 전에는 생각도 할 수 없는 일이었다.

추위를 많이 타던 잉에보르그는 항상 스웨터를 입고 다녔다. 지금도 그녀의 목소리를 들을 수 있다.

톨락, 난로에 장작을 조금 더 넣어주세요.

나는 그렇게 했다.

그날 저녁.

톨락, 장작이 잘 타고 있나요?

아이들도 추위를 많이 탔다. 특히 유약했던 힐레비는 더욱 그랬다. 힐레비는 어릴 적 집이 너무 춥다는 말을 입에 달고 살았다. 그럴 때마다 나는 힐레비에게 옷을 더 껴입으라고 타박했다. 나의 아버지가 지은 집. 아버지는 집 안에 공기가 잘 통해야 한다고 입버릇처럼 말했다.

곧 그들이 올 것이다. 힐레비와 얀 비다르. 나는 지난 목요일 오전에 그들에게 전화를 걸었다. 이 하나가 빠졌던, 바로 그 다음 날. 이곳, 이 집으로 와달라고 부탁했다.

때가 되었다. 적어도 나는 때가 되었다고 생각한다. 이제 내게 남은 시간은 그리 많지 않다.

그들은 지금까지 아무것도 모르는 채 살아왔다.

오도.

**나의 잉에보르그.**

나는 그녀의 얼굴을 볼 수 있다. 잘 만들어진 예술품이다. 나는 사뿐사뿐 마룻바닥을 스치는 그녀의 두 발과 걸음을 옮길 때마다 좌우로 흔들리는 그녀의 둔부를 본다. 둥글게 구부러지는 그녀의 등도 볼 수 있다. 그녀의 목소리도 나는 들을 수 있다. 공기를 머금은 듯한 기분 좋은 저음의 목소리.

톨락, 당신은 말을 많이 하지 않는군요.

가끔 그녀는 사랑을 담은 목소리로 내게 말을 걸고는 했다. 그녀의 목소리에는 절망이 담길 때도, 슬픔이 담길 때도 있었다. 짜증이 담길 때도 있었다. 그녀의 말은 틀리지 않았다. 나는 말을 많이 하지 않는 무뚝뚝한 사람이다.

수년 전 어느 날의 저녁, 나는 바로 이 자리에 서서 창밖을 바라보았다. 힐레비와 얀 비다르가 초등학교에 다닐 때였다. 아이들은 잠자리에 든 후였고, 잉에보르그와 나, 우리 둘은 서로 살을 마주한 채 함께 침대에 누워 있었다. 우리는 서로의 몸을 탐미했고 그 열정과 열기에 지쳐 숨을 헐떡였다. 잉에보르그와 나, 우리는 항상 그랬다. 두 마리의 짐승처럼.

그 생각을 머릿속에서 지울 수가 없다.

그녀는 항상 내 안에 있기를 좋아했고, 나도 항상 그녀 안에 있기를 좋아했다.

그날 저녁을 생생히 그릴 수 있다. 나는 그녀를 삼켰고, 그녀는 나를 들이켰다. 도살 직후의 짐승처럼 천장을 바라보며 널브러져 있던 나는 가슴속에 있는 말을 쏟아내고 싶은 충동을 느꼈다.

잉에보르그.

고개를 돌려 그녀를 바라보며 말했다. 그녀는 눈을 감은 채 누워 있었다. 몇 가닥의 머리카락이 땀에 젖어 올리브색 피부 위에 붙어 있었다. 그런 모습은 아무리 보아도 싫증이 나지 않았다.

단 한 번도.

그들도 잘 알 거야. 이웃 사람들 말이야. 내가 당신을 얼마나 자랑스러워하는지.

그래요?

그녀는 잠에 취한 듯 느릿느릿 말했다.

나는 당신이 생각하는 만큼 무뚝뚝한 사람이 아니야. 단지 하고 싶은 말을 담아낼 적절한 단어를 찾는 데 소질이 없을 뿐이야.

그녀가 눈을 뜨고 고개를 돌려 나를 지긋이 바라보았다.

그건 나도 알아요.

할 수만 있다면 밤을 새워서 이야기하고 싶어. 이 세상의 모든 단어를 끌어모아서라도.

다 알아요.

잉에보르그가 내 손을 꼭 잡으며 말했다.

나는 당신이 입 밖에 내지 못했던 말, 당신 가슴속에 있는 말을 모두 들을 수 있어요.

그럴 리가 없다고 생각했지만 소리 내어 말하진 않았다.

톨락, 난 당신을 너무나 잘 알거든요. 당신도 알고 있나요?

나는 고개를 끄덕였다. 그녀는 너무나 아름다웠다. 하지만 내 머릿속을 맴돌던 생각은 전혀 달랐다. 아니, 당신은 나를 속속들이 알지 못해. 이 세상 그 어느 누구도 나를 제대로 알지 못해.

그녀가 웃음을 터뜨렸던 것으로 기억한다.

나의 아내, 잉에보르그는 잘 웃는 사람이었다. 그녀의 웃음은 언제라도 입 밖으로 튀어나가려고 가슴 언저리에서 기다리고 있는 것 같았다. 웃음은 한번 허공에 흩어지면 쉽게 사라지지 않았다.

반면 나는 웃음과는 거리가 먼 사람이다. 그 이유를 자주 생각해보았지만 답을 얻을 수는 없었다. 무언가가 나를 가로막는다. 입가의 뻣뻣한 근육 때문에 웃음을 내뱉을 수가 없다. 마치 누군가가 내게 당장 웃음을 멈추고 더 이상 나 자신을 비하하지 말라고 말하는 것만 같다. 그 누구 앞에서라도. 하지만 잉에보르그 앞에서는 다르다. 나는 그녀 앞에 서면 항상 죄책감에 휩싸인다.

그녀와 함께 소리 내어 웃을 수만 있다면 더 바랄 것이 없다.

다른 사람들은 아무래도 좋다.

어쨌거나.

후회를 한다 해서 과거를 돌이킬 수는 없는 법.

창가로 걸어가 마당을 내다보았다. 외양간에서 불빛이 새어 나왔다. 오도. 그는 지금 외양간에 있다. 나는 오늘 아침 그와 딱 한 번 마주쳤을 뿐이다. 그는 여느 때와 마찬가지로 느긋한 아침 시간을 보냈다. 오도는 아이들이 온다는 것을 알지 못했다.

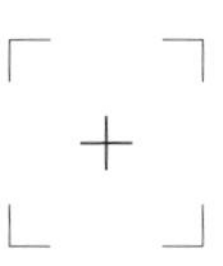

**서로 엉켜 흐느적거리는 두 마리의 뱀들처럼, 우리는 함께 누워 있었다.** 매주, 매년, 내가 기억하는 우리의 모습은 바로 이런 것이다. 잉에보르그와 나.

어제저녁에는 손을 다쳤다. 상처가 꽤 컸다. 이제는 내 몸도 옛날 같지 않다. 발을 옮길 때마다 삐걱거리는 소리가 났다. 마룻바닥에서 나는 소리가 아니라 내 무릎에서 나는 소리였다. 2층으로 올라가 주먹으로 방문을 힘껏 쳤다. 정신없이 문짝을 두들겼다. 예전 같으면 아무렇지도 않았을 일이다. 하지만 지금은 다르다.

곧 그들이 올 것이다. 힐레비와 얀 비다르.

불같은 내 딸과, 느긋하지만 집요한 내 아들.

아이들에게 털어놓을 때가 왔다. 과거에 무슨 일이 있었는지 그들도 알 권리가 있다.

술병은 유리장식장 속에 있다. 한 모금 들이켜고 싶은 생각이 간절하지만 오늘은 참아야만 한다.

서쪽 들판에 어둠이 내린다. 잉에보르그, 저 검은 사냥개들이 나를 쫓고 있어. 예전처럼 당신을 품에 안을 수 있다면 얼마나 좋을까.

+

**나는 과거에 속해 있다.**

우리가 살고 있는 지금 이 시간은 나의 시간이 아니다. 내가 태어난 곳도 여기가 아니다. 내가 존재하는 곳 또한 이곳이 아니다. 내가 배웠던 것은 이 모든 것과는 거리가 멀다.

이 시간이 스멀스멀 잦아들기 시작하던 때부터 나의 미래가 고통으로 점철되리라는 것을 잘 알고 있었다. 내 생각은 틀리지 않았다. 새로운 시간은 엉덩이를 유혹적으로 흔들어대며 내 눈 바로 앞에 모습을 드러냈고, 마치 술에 취한 여인처럼 내게 그럴싸한 제안을 늘어놓았다. 내가 전혀 관심을 두지 않는 그런 제안들을. 새로운 시간은 춤을 추듯 내게 더 가까이 다가왔고, 내가 생각지도 않았던 새로운 것들을 눈앞에 늘어놓았다. 내게 필요하냐고 묻지도 않은 채. 물론, 그것들은 전혀 필요가 없었다. 나는 이미 필요한 것들을 모두 가지고 있었으니까. 땅, 나의 몸, 내가 할 일, 그리고 잉에보르그. 나는 단 한 번도 불평을 하지 않았다. 하지만 새로운 시간은 포기하지 않았다. 우리가 가진 모든 것들을 무서운 속도로 바꾸려 했을 뿐 아니라, 과거에 속한 것을 존중하지도 않았다. 내가 소유한 모든 것들을.

새로운 시간은 우리에게 묻지도 않고 이 외진 마을에서의 삶을 비집고 들어왔다. 거실에, 침실에, 지하실에, 그리고 우리의 몸속에. 새로운 시간은 밤낮으로 이 일을 계속했다. 나와 내가 소유한 것들을 배려하려는 기미도 보이지 않았다. 나는 새로운 시간의 걸음걸이, 얼굴, 소리, 냄새를 결코 좋아할 수가 없었다.

우리는 서로에게 아무런 관심도 보이지 않았다.

새로운 시간은 나에게 개같은 년이었고, 그쪽 역시 나를 개새끼라고 생각했다.

나는 이미 오래전에 새로운 시간으로부터 등을 돌렸다. 나는 이 골짜기 마을에서 잉에보르그, 목재소, 들판과 산, 나의 두 손, 도끼와 함께 살고 있었다. 나의 그런 삶은 이제 끝이 났다. 지금 내 곁에는 잉에보르그도 없다. 내 삶의 작은 불빛이 꺼져버린 것이다. 하지만, 여전히 내 곁을 떠나지 않은 것도 있다. 그것은 바로 과거의 나. 변하지 않은 나.

듣고 있나?

나는 조금도 변하지 않았어.

아니, 그들은 내 말을 듣고 있지 않아.

저길 봐. 칠흑같이 캄캄해졌어.

잉에보르그는 뭐라고 말했던가?

저녁이 되면 당신이 더 좋아져요, 톨락. 저녁에는 당신의 무뚝뚝함도 누그러지는 것 같거든요. 게다가 어둠 속의 당신은 평소보다 훨씬 아름답게 보여요.

그랬다. 그녀는 말을 유려하게 잘했다.

이제 얼마 남지 않았다. 술병은 여전히 유리장식장 속에 있다. 하지만 손을 대지 않을 것이다. 한 시간, 어쩌면 두 시간 뒤면 집 앞 길 모퉁이는 자동차 불빛으로 환해질 것이다. 그리고 그들이 나타날 것이다. 힐레비와 얀 비다르.

아침 식사를 하며 오도에게 오늘 무엇을 할 거냐고 물었다. 매일 있는 일이다. 내가 빵과 버터, 치즈와 커피를 식탁 위에 늘어놓고 자리에 앉으면, 오도 역시 의자에 앉는다. 잉에보르그의 자리는 텅 비어 있다.

그는 창문 너머 내리는 빗줄기를 가만히 바라보았다.

외양간에 갈 거야.

잠은 푹 잤니?

그가 말없이 고개를 끄덕였다.

좋아. 어망을 수선하는 중이니?

응.

그는 고기잡이 그물을 수선했다. 자신만의 방식으로. 너무나 오랫동안 해왔던 일이라 그가 언제 그 일을 시작했는지 기억할 수가 없다.

아무래도 좋았다. 그에게 시간을 보낼 수 있는 일이 있다면 나는 그것으로 만족했다.

하고 싶은 말이 혀끝에서 맴돌았지만 차마 그에게 말할 수가 없었다. 형제들이 올 것이라는 사실을.

잉에보르그, 나는 21년 동안이나 이 일을 두려워했어.

**그는 아버지와 함께 살고 있었다.** 계곡 아래쪽 폭포수 옆에서. 이름이 뭐더라? 알프 이바르였던가? 마을 사람들 모두 그가 특별히 하는 일이 없다는 것을 잘 알고 있었다. 나는 가끔 그와 마주치고는 했다. 그는 여전히 폭포수 옆에서 산다. 움푹 들어간 두 눈을 가진 그는 마을을 어슬렁어슬렁 거닐며 항상 무언가를 씹는 듯 입을 우물우물 움직였다.

그 일은 매우 오래전에 일어났다.

차를 몰고 가게 앞에 도착하자마자 그가 눈에 띄었다. 기억하건대 여름이 시작될 무렵이었던 것 같다. 어쩌면 5월의 끝자락이었는지도 모른다. 강렬한 햇살, 전나무 가지를 스치는 세찬 바람. 가게는 골짜기에서 약 7킬로미터 떨어진 곳에 있었다. 나는 일주일에 한 번 장을 보았다. 필요한 것만 구입했기에 자주 볼 필요도 없었다. 잉에보르그가 살아 있을 때도 그랬고, 지금도 마찬가지다. 오도와 둘이 살기 시작하면서 생활에 꼭 필요한 물건도 점점 줄어들기 시작했다. 그럼에도 커피, 사과, 이런저런 냉동식품 등 자잘한 식료품을 구입하려면 일주일에 한 번은 장을 봐야 했다.

폭포수 옆에 사는 그 아들, 그리고 그의 친구 두 명이 스쿠터를 탄 채 가게 앞을 빙빙 돌며 소리를 질렀다. 오도는 아이스크림을 손에 들고 가게 앞 공터 한가운데 서 있었다. 아이스크림이 녹아 오도의 손목으로 떨어져 내렸다.

오도-바보!

그들이 소리쳤다.

오도!

오도가 자신의 이름을 외쳤다.

오도-바보!

그들이 주먹을 쥐어흔들며 소리쳤다.

오도!

오도가 다시 자신의 이름을 외쳤다.

나는 픽업트럭을 주차한 후 차에서 내렸다. 소년들은 나를 보자마자 스쿠터의 속력을 줄이고 입을 다물었다. 내가 그들을 쏘아보자, 그들은 재빨리 자취를 감추었다.

오도!

오도가 나를 쳐다보며 말했다. 겁에 질린 표정이었다.

그에게 한 발짝 다가가며 말했다.

저들이 네게 이런 짓을 하도록 내버려두면 안 돼.

그로부터 몇 주 후, 나는 시청 옆 버스 정류장에 '오도-바보'라고 쓴 글을 보았다. 굵직한 사인펜으로 적은 글씨였다. 얼마 지나지 않아 중학교 건물 벽에 스프레이로 '오도-바보'라고 적어놓은 것도 발견했다.

나는 단 한 번도 그들을 좋아한 적이 없다. 특히, 폭포수 옆에 사는 알프 이바르는 더욱 좋아할 수 없었다. 그의 아버지도 마찬가지였다. 알프 이바르의 아버지는 걸핏하면 목재소에 찾아와 뒷짐을 진 채 구석구석을 둘러보았다. 뿐만 아니라 가격이 비싸니 어쩌니 하며 불평을 늘어놓기 일쑤였다. 그는 작년에 세상을 떠났다. 말만 많고 하는 일은 없던 남자. 오죽하면 그의 아내도 견디지 못하고 도망을 가버렸을까.

그해 여름 어느 날 저녁, 나는 빌리와 함께 폐허가 자리한 언덕 위를 산책했다. 그때 폭포수 옆에 사는 소년을 보았다. 그는 내리막길을 따라 걸어 내려오고 있었다. 문득 '너는 이곳에서 나와 마주치지 않았어야 했어'라는 생각이 머릿속을 스쳤다.

시간이 오래 걸리지는 않았다. 그가 내 곁을 지나치는 순간 나는 오른쪽으로 살짝 비켜섰다. 그러고는 주먹으로 그를 바닥에 때려눕혔다.

「 + 」

**오도가 무언가를 우물우물 씹고 있었다.**

오도.

그가 자신의 이름을 중얼거렸다.

그는 이름을 정확히 말하지 못했다. 그저, 남들이 자신의 이름을 부르는 걸 흉내 낼 뿐이었다.

오토! 오토라고 해봐.

오도. 오도.

한 번 더! 네가 오토라고 말할 수 있다면 아무도 너를 괴롭히지 않을 거야.

괴롭힌다고?

오도가 내게 되물었다.

그래, 스스로를 지킬 수 있어야 해. 그러려면 먼저 네 이름부터 정확하게 말할 줄 알아야 한다고.

오토는 이름을 제대로 말할 수 없음에도 하루 종일 자신의 이름을 되뇌고는 했다. 가게에 있을 때면, '오도는 가게에 있다'. 길을 걸을 때면, '오도는 걷는다'. 폭포수 아래에서 낚시를 하면서 송어 모양의 찌가 수면을 얼핏 스칠 때는 '오도는 낚시한다'.

세월이 흐르면서 그도 조금씩 자랐다. 나는 더 이상 그를 귀찮게 하지 않았다. 그가 오도로 살든, 오토로 살든 상관하지 않기로 마음먹었기 때문이다.

그는 창백한 소년이다. 통통하고 부드러운 손, 겁에 질린 눈. 그의 내면은 다른 이들의 내면과는 달랐다. 그는 자주 외양간에서 시간을 보냈다. 나는 그를 매일 찾아보고 그를 보살핀다. 그가 무슨 생각을 하는지, 그가 어떤 존재인지 알지 못하지만, 나는 그를 사랑한다.

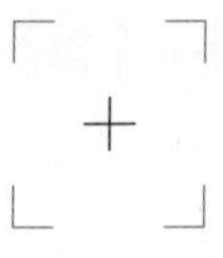

**가끔 술을 마셔야 할 때가 있다.**

나를 사정없이 찌르고 후벼 판 후 지배하는 그것. 나는 그것이 무엇인지 모른다. 어깨를 움츠러들게 만드는 것, 이가 으스러질 만큼 입을 굳게 다물도록 만드는 것, 있는 힘을 다해 주먹을 움켜쥐도록 만드는 것. 나는 이런 일들을 원한 적도, 부탁한 적도 없다.

그것이 내게 점점 가까이 다가올 때면 나는 '잉에보르그, 내게서 멀리 피해 있어'라고 말하곤 했다.

그녀는 내게서 멀찍이 피했고, 나는 제2차 대전 직후 나의 아버지가 산 위에 손수 지어 올린 작은 오두막으로 갔다. 아버지가 오두막을 서쪽 산등성이에 지었던 이유는, 그들이 언젠가는 다시 침략해 올 것이라 확신했기 때문이다. 아버지는 그 어느 누구의 도움도 받지 않고 오롯이 홀로 오두막을 지었다. 내가 아주 어렸을 때 아버지는 완성된 오두막을 내게 보여주었다.

저기 오두막 보이지?

아버지가 오두막을 손가락으로 가리키며 말했다.

때가 오면 저기로 가면 된다. 마을을 한눈에 볼 수 있는 곳이지. 너는 바로 저기에 앉아서 한 놈씩 차례차례 쏘아 죽이면 돼.

잉에보르그, 내게서 멀리 피해 있어. 난 지금부터 술을 마실 작정이거든.

톨락, 제발 부탁이에요. 나를 위해서라도 술을 끊어봐요.

그렇게 할 수는 없어.

나의 잉에보르그. 그녀는 결혼 첫해에 내 술버릇 때문에 고생을 했다. 여러 가지 면에서. 지금 돌이켜보니, 나는 갑작스런 결혼으로 내 자리를 찾지 못해 당황했던 것 같다. 여자와 함께하는 삶에 준비가 되어 있지 않았던 것이다. 나는 술주정을 했고, 말썽을 피웠고, 집에서 술을 마셨다.

그런 일을 계속하는 것은 어느 면에서도 좋을 것이 없었다. 아이들도 좋아하지 않았고, 잉에보르그도 좋아하지 않았다. 그 때문에 나는 술병을 들고 산 위의 오두막으로 갔다. 빌리와 함께. 그리고 오두막에 처박혀 술을 마시기 시작했다. 이틀, 사흘. 가끔은 나흘을 연달아 술을 마실 때도 있었다. 여기저기 마구 돌을 던졌고, 장총을 쏘기도 했다. 멀쩡한 불선을 부수거나 찢기도 했다. 그 일이 끝나면 잉에보르그가 있는 집으로 돌아왔다.

술병은 유리장식장 안에 있다. 그 앞을 벌써 몇 번이나 지나쳤는지 모른다. 걸음을 멈추고 손을 뻗어보기도 했다. 하지만, 오늘 저녁만큼은 술에 손을 대지 않을 것이다.

┌ + ┐

**내 가슴속에는 울화가 쌓여 있다.**

형, 도움을 받아보는 게 좋겠어.

동생이 한 말이다.

우리는 체육관 앞에 함께 서 있었다. 발밑에는 하얗게 눈이 쌓여 있었다. 그때만 해도 목재소는 잘 굴러갔다. 꽤 많은 사람들이 와서 목재를 구입하고는 했으니까. 벌써 수십 년 전 일이다. 나는 숲의 주인에게 헐값으로 나무를 사서 손수 그것들을 자르고 다듬었다. 목재소는 그렇게 운영되었다. 일이 없어 쉬는 날은 없었다.

형!

라르스 오게가 내게 한 발짝 더 가까이 다가오며 말을 이었다.

우린 사는 방식도 다르고 세상을 보는 눈도 달라.

그렇겠지.

하지만 지금 내가 하는 말은 형의 동생으로서 하는 말이야. 형을 생각해서 하는 말이라고.

그래?

형에게는 도움이 필요해.

그가 했던 말을 되풀이했다.

눈을 돌리면 얼마든지 도움을 받을 수 있어. 이제 정신을 차릴 때가 되었어.

나는 발로 쌓인 눈을 툭 걷어찼다. 하지만 그는 멈추지 않았다.

아버지도 그랬잖아. 할아버지도 그랬어. 이젠 이 대물림되는 피의 유전에서 벗어날 때가 되었어. 도움을 받으면 어렵지 않을 거야.

그가 내게 더 가까이 다가오며 말했다.

나는 장갑을 벗고 손에 들고 있던 줄자와 연필을 내던진 후, 그의 멱살을 잡아 쥐고 소리쳤다.

네가 뭐라고! 잘난 척하지 마!

정말 어쩔 수가 없군.

그가 몸을 비틀어 내 손에서 벗어나며 말했다.

잠시 후, 나는 언덕을 내려가 우리 집을 향해 걷고 있는 라르스 오게의 뒷모습을 보았다. 얼마 지나지 않아 대문이 열리며 그와 그의 아내가 밖으로 나왔다. 두 사람은 뒤도 돌아보지 않고 차에 올라탄 후 마을을 벗어났다. 나는 눈 위에 떨어져 있던 줄자와 연필을 집어 들고, 장갑을 낀 후 목재소 안으로 들어갔다. 방금 자른 나무토막과 톱밥 냄새가 코를 스쳤다.

동생과 그의 아내를 다시 본 것은 그로부터 8년이나 지나서였다. 그날 잉에보르그, 나의 사랑하는 잉에보르그는 이렇게 말했다.

톨락, 당신들의 피에선 악취가 나요. 썩은 냄새가 난다고요.

**그녀의 말이 옳았다.**

우리 가족에게선 갈등이 사라질 날이 없었다. 서로 끊임없이 물고 뜯고 할퀴고 했던 것은 틀림없이 불순한 피 때문이리라.

반면 잉에보르그의 가족은 정반대였다. 완전히 다른 세상의 존재라 해도 과언이 아닐 정도로.

하지만 그들조차도 나를 외면했다. 그들은 내게 아무것도 원하지도, 바라지도 않았다.

[ + ]

**일은 몇 주 전에 일어났다.** 나는 오도와 함께 먹기 위해 가을에 잡았던 숭어를 구웠다. 프라이팬을 옆으로 치워두고 마당으로 나가 오도를 소리쳐 불렀다. 여느 때와 마찬가지로 저녁을 먹으러 들어오라며 불렀지만 그는 대답을 하지 않았다. 그는 평소 '응, 지금'이라고 짧게 대답한 후, 1~2분 뒤에 외양간에서 터벅터벅 걸어 나오거나 하던 일을 멈추고 집에 들어오곤 했다. 오도는 시계를 사용하지 않았다. 우리는 그에게 시계 보는 법을 가르쳐주려 무진 애를 썼다. 학교에서는 물론이고 집에서도 마찬가지였다. 하지만 우리의 노력은 아무런 성과를 거두지 못했다. 그가 성인이 된 후 다시 시계 보는 법을 가르쳐주려 했지만 결과는 마찬가지였다. 나는 모든 것을 포기하고 오도를 있는 그대로 받아들이기로 결심했다.

다시 소리쳐 불러보았지만 대답은 들려오지 않았다. 오도가 예전에 사용하던 방을 들여다보았다. 방 안은 텅 비어 있었다. 지하실 창고 안을 둘러보았다. 평소 지저분한 지하실을 그리 좋아하지 않았지만 오도가 갑자기 발걸음을 옮겼을지도 모른다는 생각이 스쳤기 때문이다. 그러나 그는 거기에도 없었다. 나는 장화를 신고 마당으로 나갔다. 외양간에도 가보았다. 가끔 오도는 세월과 함께 자란 외양간의 폐품 더미 위에서 어망을 손에 든 채 깜박 잠이 들곤 했다. 하지만 그날은 외양간에서도 그를 찾을 수 없었다. 나는 대문 앞 골목길로 나가 주변을 살펴보았다. 오도는 보이지 않았다. 나는 그를 찾아 걷기 시작했다. 낡고 녹슨 트랙터를 세워놓은 남쪽 산등성이 아래 앉아 있는 오도가 눈에 띄었다.

오도, 여기 있었니? 왜 여기 앉아 있어? 춥지 않아?

아니.

오도는 내게 눈도 돌리지 않고 대답했다.

부스스한 그의 머리카락이 바람에 휘날렸다.

여기서 뭘 하고 있었니?

그가 아무것도 하지 않은 채 거기 멍하니 앉아 있진 않았을 거라 확신했기에 다시 물어보았다.

그림 그려.

네가? 그림을 그린다고?

응.

오도 옆에 쭈그리고 앉아 그의 눈을 바라보았다. 하지만 그는 내 시선을 피했다.

오도, 넌 지금 그림을 그리고 있지 않아.

아니, 그림 그려.

아니야, 넌 지금 그림을 그리고 있지 않아. 내 말을 들어봐. 너는 지금 트랙터 옆에 가만히 앉아 있어. 그림을 그리는 게 아니라고.

그림 그려!

나는 몸을 일으켜서 밋밋한 산등성이를 눈으로 훑어보았다.

알았어.

잠시 후 다시 그의 옆에 앉아 말을 걸었다.

그림을 그리고 있다고? 뭘 그리고 있었니?

나는 그림 그려.

하지만…… 오도…….

그가 갑자기 고개를 홱 돌려 나를 빤히 쳐다보았다.

잉에보르그, 어디 있어?

나는 어깨를 으쓱 치켜 보였다.

곧 돌아와?

너도 알다시피 잉에보르그는 다시 돌아오지 않아. 자, 이제 집에 가자. 저녁을 먹어야지. 여름에 우리가 함께 잡았던 숭어를 구워놓았어.

그는 꼼짝도 하지 않았다. 화를 내는 것 같지도 않았고, 슬퍼하는 것 같지도 않았다. 그는 단지 그 자리에서 움직이려

하지 않았을 뿐이다.

나는 그림 그려.

오도가 다시 말했다.

관둬. 그림은 나중에 그려도 돼.

그의 팔을 잡아끌었다. 그는 여전히 머뭇거리며 자리에서 일어나려 하지 않았다.

여긴 붓도 없고, 도화지도 없어. 아무것도 없잖아. 너는 그림을 그리고 있었던 게 아니야. 오도. 나를 봐.

응…….

그는 대답과는 달리 꿈쩍도 하지 않았다. 내 눈을 쳐다보려고도 하지 않았다.

오도, 이제 그만해. 나를 좀 보렴.

응.

하지만 이번에도 그는 나를 쳐다보지 않았다.

알았어. 그렇다면 뭘 그리고 있었는지 내게 설명해줄 수 있겠니, 오도?

그가 나를 힐끗 쳐다보았다. 그러고는 목을 쭉 뺐었다. 그것은 무언가를 향해 열정을 내보이는 그만의 표현 방식이었다. 눈썹을 추어올리고 입을 앙다문 채 목을 뺀는 그의 모습을 볼 때면 나는 가슴이 아렸다. 오도의 열정.

그림. 나는 눈에 보이는 걸 그려.

그렇구나.

나는 들릴 듯 말 듯한 한숨을 내쉬었다.

응.

그는 여전히 목을 쭉 뺀고 눈썹을 한껏 치켜세운 채 무언가를 기다리는 듯 제자리에 가만히 앉아 있었다.

그렇다면 네가 보고 있는 것은 뭐니, 오토?

그림을 다 그릴 때까지는 몰라.

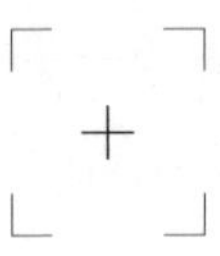

**나는 아버지로부터 목재소를 물려받았다**. 아버지는 지난 세기 초에 손수 숲의 나무를 베고 땅을 고르는 작업을 해서 지금의 기반을 마련했다. 시간이 흐르며 아버지는 하나 둘 기계를 들여왔고, 목재소는 작은 기업으로 거듭났다. 더불어 사람들은 아버지의 손이 닿은 물건이라면 무엇이든 믿고 구입하게 되었다. 나는 아주 어렸을 때부터 목재소에서 아버지를 도와 일했다. 가족들은 목재소에서 벌어들인 돈으로 꽤 풍족하게 살 수 있었다. 심지어는 아버지가 세상을 떠난 후에도 잉에보르그와 내가 걱정 없이 살 수 있을 만큼의 돈을 벌었다. 우리 가족은 그 지역 사람들과는 달리 소유한 땅이 거의 없었다. 내보일 수 있는 것이라곤 숲 한 귀퉁이에 있는 손바닥만 한 땅뿐이었다. 하지만 우리에겐 목재소가 있었다. 사람들은 우리 목재소에 와서 목재를 자르고 다듬었다. 탁자와 식탁, 이런저런 가구와 소품들. 우리는 꽤 오랫동안 목재소를 통해 생계를 유지했다.

아버지는 내게 입버릇처럼 말했다.

너는 앞으로 목재소에 충실하되 여자만 얻으면 평생 문제없이 살 수 있을 거다.

아버지는 내게 무슨 일이 일어났는지 보지 않아도 되었다. 새로운 시대가 도래하기 전에 세상을 떠났기 때문이다. 이미 수년 전 일이다. 참으로 다행스러운 일이 아닐 수 없다.

톨락, 무슨 일이 있었는지 알아요?

잉에보르그의 목소리.

따스한 가을바람이 불던 날, 그녀가 목재소에 왔다. 그녀의 등 뒤로 남쪽 산등성이가 보였다. 그녀는 병원에서 일을 마치고 막 퇴근한 참이었다. 버스에서 내린 그녀는 내 앞에서 발을 멈추고 내 손을 꽉 잡았다.

무슨 일이 있었는지 아나요?

나는 고개를 저었다.

나를 봐요. 톨락, 나를 보라고요.

그녀의 손을 뿌리치고 청각 보호용 귀마개를 향해, 줄자를 향해, 내가 잡아 쥘 수 있는 물건들을 향해 손을 뻗었다.

시내에 목재 도매상이 문을 연 후부터 우리 목재소를 찾는 사람들의 발길이 눈에 띄게 뜸해졌어요. 당신은 눈을 떠야 해요. 눈을 뜨고 세상이 어떻게 변하고 있는지 봐야 한다고요.

그녀의 목소리는 날카로웠다.

줄자를 손에 쥐고 청각 보호용 귀마개를 낀 채 발을 구르는 그녀를 바라보았다. 별안간 그녀가 몸을 홱 돌리곤 자갈이 깔린 마당을 가로질러 집 안으로 들어갔다.

사람들은 야생의 숲에서 느릿느릿 자라는 소나무를 원하지 않았다. 품질 좋은 가구도 원하지 않았다. 그들은 두 팔을 활짝 벌려 새로운 시간을 받아들였고, 새로운 시간이 부르는 노래에 귀를 기울이며 시내로 나갔다. 그리고 숲과 나무의 재질에 관해서는 아무것도 모르는 젊은이들의 권유에 따라 물건들을 사들였다. 바짝 마른 라트비아 목재로 만든 값싼 가구들은 집으로 운반하기도 전에 눈앞에서 툭툭 갈라졌다.

산언저리의 목재소는 점점 사람들에게서 잊혀져갔다.

**잉에보르그는 곤궁한 삶에 만족하지 못했다.** 어둠은 집어삼키기라도 하려는 듯 입을 쩍 벌리고 우리에게 다가왔다. 목재소는 점점 더 어려워졌다. 나는 어떻게든 목재소가 굴러갈 수 있도록 일을 포기하지 않았다. 창고를 채워 넣고 나무를 말렸다. 하지만 목재소를 찾는 사람은 점점 줄어들었다. 사람들은 시내로 내려가 물건을 구입했다.

잉에보르그는 하루가 멀다 하고 불평을 늘어놓았다.

무슨 일이 벌어지고 있는지 정말 모르는 건가요?

나는 아무 말도 하지 않았다.

이건 전적으로 당신 잘못이에요. 당신은 모든 것이 이전과 똑같을 거라고 생각하잖아요.

사람들이 당신에 관해 뭐라고 하는지 알아요?

사람들이 뒷말을 한다는 것은 잘 알고 있었지만 그 말을 직접 들은 적은 한 번도 없었다. 그들이 있는 자리에 나는 좀처럼 발걸음을 하지 않았으니까. 그러나 나는 그들이 무슨 말을 하는지는 쉽게 짐작할 수 있었다. 그들이 나에 관해 어떤 말을 하는지.

그 남자는 아직도 아버지 방식대로 목재소를 운영하고 있어.

융통성이라고는 하나도 없는 고집쟁이야. 새로운 시대를 받아들이지 못해.

그의 목재소는 조만간 부도가 날 거야.

나는 전혀 후회하지 않았다. 나만 생각한다면 후회할 일은 조금도 없었다. 내 삶은 얼마든지 스스로 꾸려나갈 수 있었다. 은행에 빚도 없고, 누구에게 속하지도 않았으니까. 나와 오도는 최소한의 생필품만 있다면 걱정 없이 살아갈 수 있었다. 새로운 것은 필요치 않았다. 내게는 30년도 더 된 목이 긴 고무장화가 있다. 구멍 난 곳은 여기저기 땜질을 했다. 내게는 모자가 있고, 셔츠가 있고, 재킷과 바지가 있다. 새것과 별 차이가 없다.

하지만 잉에보르그는 달랐다.

톨락, 난 여자예요.

남자들보다 필요한 것이 많다고요.

세금환급제도가 큰 도움이 되었다. 우리는 좋으나 싫으나 이 나라에 살고 있는 이상 세금을 내야 한다. 부자들은 도움을 청하지 않는다. 물론 나와는 상관없는 일이다. 여기에 더해, 외양간 뒤에 있던 창고 하나에 불을 지른 것도 큰 도움이 되었다. 나는 보험금을 받았고, 덕분에 잉에보르그는 그해 가을 따뜻한 남유럽 국가로 여행을 갈 수 있었다.

그녀에게 돈이 어디서 났는지는 말하지 않았다.

만약 진실을 말한다면 그녀에게서 가혹한 말을 들었을 것이다.

그녀는 그러한 일을 결코 좋아하지 않았다.

그녀는 그런 일을 '악마의 짓거리'라고 불렀다.

나는 목재소가 다시 잘 굴러가기 시작했다고 거짓말을 했다.

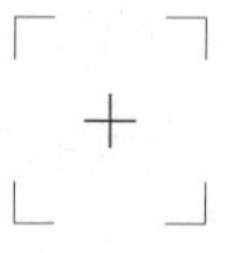

**그렇다.**

두 사람이 만나 서로에게 빠져들게 되면 땅이 흔들릴 만큼 큰일이 벌어진다.

나의 어머니가 했던 말이다.

어린 시절 어머니는 자주 이렇게 말하곤 했다. 어머니는 가끔 두 손을 맞잡고 끝없이 이야기를 흘렸다. 어머니의 이야기 속에 어떤 의미가 있는지 물어본 적은 없었다. 어머니와 얼굴을 맞대고 대화다운 대화를 해본 적이 없기 때문이었다.

잉에보르그를 처음 만나던 날, 별안간 어머니의 이야기가 머릿속에 떠올랐다. 한 번도 어머니의 이야기에 귀 기울이지 않았건만, 그날만큼은 그 이야기가 무슨 의미를 지니는지 이해할 수 있었다.

당시 나는 스물아홉 살이었다.

때는 10월이었고, 들판은 황토빛을 머금고 있었다.

그날 이후, 나의 삶에 잉에보르그가 아닌 다른 여인은 들어서지 못했다.

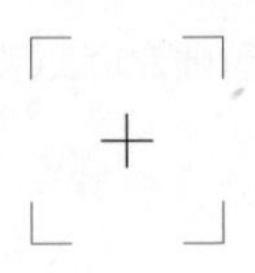

**그것은 길가 시궁창 속에 있었다.**

동면 준비를 하는 것 같았다.

장화를 신고 외양간으로 갔다. 외양간에서 어망을 만지작거리고 있던 오도가 나를 흘낏 쳐다보았다. 나는 낡은 옷가지를 모아놓은 상자 속에서 구멍 난 티셔츠를 꺼내 아마인유로 적셨다.

뭐 해?

오도가 물었다.

아무것도 아니야.

재수 없는 짐승 같으니. 온갖 구정물에 코를 담그고 여기지기 오물을 묻혀놓다니. 나는 외양간 밖으로 나가 시궁창 앞에서 허리를 굽힌 후 해진 티셔츠를 슬렁슬렁 흔들었다. 잠시 후 그것은 심술궂은 표정으로 화가 난 듯 천천히 모습을 드러냈다. 갈색 코, 블루베리를 닮은 작은 두 눈 사이의 하얀 줄무늬.

돌멩이 하나를 집어 들어 머리를 내리쳤다.

등을 돌리자 길 건너편 오도가 눈에 띄었다. 그는 내게서 약 10여 미터 떨어진 곳에서 꼼짝도 않고 서 있었다.

잘했어.

그가 말했다.

약 한 달 전의 일이다. 산골짜기에 젖어든 가을의 첫 자락 속에서 맞은 이른 아침이었다. 나무둥치는 밤새 내린 비를 머금어 거뭇거뭇했다.

오도와 함께 짐승의 사체를 시냇물에 던져놓고 집으로 돌아오자마자 언젠가 잉에보르그가 내게 했던 말이 떠올랐다.

톨락, 당신은 오소리예요.

┌ ┐
+
└ ┘

**잉에보르그는 가끔 시내에 나갔다.** 카페에서 친구들을 만나기 위해서였다. 나는 그녀에게 카페에 앉아 쉴 새 없이 움직이는 재봉틀처럼 수다를 떠는 것은 시간과 돈을 낭비하는 일이라고 말했다.

당신 때문에 짜증 나 죽겠어요.

하여튼 여자들이란.

나는 자주 그녀를 시내에 데려다주었다. 당시 우리에게는 낡은 볼보 한 대가 있었다. 시내까지는 자동차로 약 30분이 걸렸다. 시내로 가는 차 안의 공기는 매번 우중충하고 무거웠다. 한껏 꾸민 그녀는 나의 잉에보르그와는 거리가 멀었다. 빨간 입술에 귀걸이를 한 모습은 카페에 앉아 있는 여느 여인들과 다를 게 없었다. 저 여자는 내가 모르는 여자야.

그녀가 카페에 앉아 있는 동안 나는 부둣가에 가서 새우잡이 상인과 함께 시간을 보냈다. 이전부터 아는 사람이었다. 그는 항상 부둣가에 배를 대어놓고 오렌지색 방수복 차림으로 한 발을 갑판 위에 걸친 채 주문을 받고, 새우의 무게를 달았다.

지난번에 시내에 갔을 때도 그를 찾았다.

가재잡이 상인에게 그가 어디 있냐고 물어보았다.

엘링은……?

나는 새우잡이 상인의 이름 뒤에 물음표를 달았다.

아! 엘링 말입니까?

오늘은 안 보이네요.

엘링은 작년에 갑판 사이에 끼는 큰 사고를 당했어요. 결국 세상을 떠났죠.

이제 시내에는 내가 아는 사람이 없다.

두 시간이면 충분하지 않아? 카페에 앉아 노닥거리며 시간을 보내는 데에도 한계가 있는 법이야. 그건 시간과 돈을 한꺼번에 허비하는 일이라고.

잉에보르그는 동의하지 않았다. 그녀는 시내에 가는 내내 화난 표정을 지었다.

우리에겐 자동차 한 대가 더 필요해요. 내게도 차가 있으면 더 자유롭게 다닐 수 있을 텐데요.

나는 대답하지 않았다. 그녀의 말이 얼마나 바보 같은지 가만히 앉아 생각할 기회를 주고 싶었기 때문이다. 이틀의 냉전 후 부엌에 들어서며 그녀에게 한마디 던졌다.

자동차 두 대.

그만해요. 이제 됐어요, 톨락.

나는 그녀의 친구들이 어떤 사람들인지 알지 못했고, 알고 싶지도 않았다. 그들의 이름이 무엇인지, 그들이 어디에 사는지도 몰랐다.

가끔 그들을 생각한다.

그들은 장례식에 와서 내 손을 잡고 애도를 표했다. 그들은 나의 아내가 참으로 좋은 사람이라고 말했다.

그들은 나의 뒷자리에 자리를 잡고 앉았다. 나와 얀 비다르, 그리고 힐레비의 뒷자리에.

그들은 눈물을 흘리며 훌쩍였다.

그들은 나의 아내를 잘 알고 있었다.

내가 모르는 내 아내의 모습을.

**자기 자신과 화해하는 데는 무척 오랜 시간이 걸린다.**

하지만 사람들은 결국 스스로와 화해하기 마련이다.

살다 보면 어느 날 갑자기, 내가 과거에 행했던 모든 일과 과거에 보았던 모든 것과 과거에 만났던 모든 사람들이 차례차례 눈앞에 스친다. 하나도 빠짐없이. 좋든 싫든. 바로 그때, 우리는 스스로와 화해했다는 것을 깨닫게 된다.

그것은 바로 지금의 내 모습이다.

이제 나를 쫓던 검은 사냥개가 눈앞에 나타나도 두렵지 않다.

나와는 아무 상관도 없는 일이다.

나는 장작 한 개를 벽난로 속에 던져 넣었다.

유리장식장 안에는 술병이 있다.

곧 아이들이 길 모퉁이를 돌아 집 앞에 이를 것이다. 힐레비와 얀 비다르.

나는 이야기를 할 것이다.

오도.

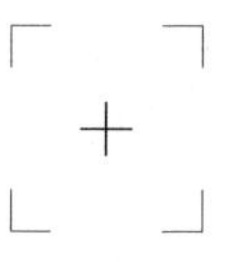

**잉에보르그.**

그녀는 부엌 조리대 앞에 서서 뇌조의 털을 뽑고 있었다. 지난가을 내가 사냥한 새였다. 기억하건대 그해 가을엔 유난히 뇌조가 많이 보였다. 나는 산에서 수 마리의 뇌조를 잡아 집으로 가져왔다.

네?

모자를 벗고 그녀에게 성큼 다가갔다. 무슨 일이 있어도 화를 내지 않겠다고 굳은 결심을 했다. 그녀가 내 말을 어떻게 받아들일지 전혀 감을 잡을 수가 없었기 때문이다. 어쨌거나 내가 하려는 말은 서로 다른 양극의 반응을 불러올 수 있었다. 나는 앞치마를 두른 그녀의 허리춤을 감싸 안았다. 그런 행동에 그녀가 적잖이 놀랐던 기억이 난다. 자주 있는 일이 아니었기 때문이다.

나는 환한 곳에서 아내를 애무하는 것을 좋아하지 않는다. 불빛은 나를 수줍게 만들기 때문이다.

잉에보르그.

네?

잉에보르그가 나를 향해 돌아섰다. 그녀는 뺨에 들러붙은 머리카락을 떼어내려 입으로 후 불었다. 손에는 피 묻은 칼이 들려 있었다. 부엌은 죽은 동물의 퀴퀴한 냄새와 씁쓸한 피 냄새가 가득했다. 아내의 이마에 땀방울이 맺혀 있었다. 배 속의 내장을 드러낸 죽은 새 한 마리가 조리대 위에 널브러져 있었다.

아무것도 아니야.

그녀의 허리를 감쌌던 양손을 내리고 의자에 앉았다.

커피 끓여놓은 게 있나?

저기 있어요.

그녀가 보온병을 가리키며 말했다.

잔에 커피를 따르고 그녀에게도 한잔 권했다. 잉에보르그는 고개를 저었다. 그녀는 여전히 칼을 손에 쥔 채 조리대에 기대어 서서 나를 바라보았다. 내가 무슨 말을 하고 싶어 한다는 걸 알아차린 것 같았다.

다름이 아니라…….

미지근한 커피를 한 모금 들이켰다.

오늘 목재소에서 일을 하다 문득 생각났는데…….

그게 뭐죠?

단도직입적으로 말할게.

그게 좋을 것 같군요.

잘못된 건 없어.

그래요.

힐레비나 얀 비다르 일은 아니야.

다행이네요.

당시 힐레비와 얀 비다르는 초등학교에 다니고 있었을 것이다. 초등학교 저학년이거나 갓 입학한 때였던 것 같다. 내 기억이 맞는다면, 힐레비는 여덟 살, 얀 비다르는 열 살이었다.

나는 일상의 자잘한 모든 일을 기억하는 남자라고는 할 수 없다. 과거에 연연하지도 않는다. 나는 아침에 해가 뜨면 일어나 일을 시작하고, 내 방식대로 일을 처리하며, 밤이 되면 잠자리에 드는 그런 사람이다. 주변에서 일어나는 일에 크게 신경을 쓰지도 않는다. 나는 모든 일에 신경을 쓰고 사사건건 문제를 일으키는 사람들을 많이 보아왔다. 그런 삶은 내게 어울리지 않는다. 바로 그 때문에, 나는 지난 일을 머릿속에 담아두지도 않고 기억하려 애쓰지도 않는다.

하지만 그날 부엌에서 나눈 대화는 지금도 선명하게 내 기억 속에 남아 있다. 그녀의 말투와 억양, 우리 주변의 갖가지 색깔마저 모두 기억한다. 그녀의 등 뒤로 보이는 창밖의 풍경도 마찬가지다. 무겁게 내려앉은 회색 하늘, 산골짜기를 나지

막이 덮은 짙은 안개. 저 멀리 허공에 산꼭대기만 둥둥 떠 있는 것 같았다.

아무것도 아니야.

미소를 지어보려 애쓰며 말했다.

잉에보르그는 가끔 내게 이렇게 말하곤 했다.

톨락, 당신의 미소는 참으로 아름다워요. 앞으로는 더 자주 미소를 지어봐요.

나는 그녀의 말에 단 한 번도 대답을 한 적이 없다. 하지만 가끔 홀로 있을 때면 거울 앞에 서서 미소를 지어보려 노력하기도 했다. 물론 만족스러운 미소는 만들어낼 수 없었다.

아무것도 아냐. 아이들과는 상관없는 일이야.

나는 했던 말을 되풀이했다.

다행이에요.

오늘은 안개가 짙군.

나는 전날 산에서 내려오며 퇴근하는 그녀의 모습을 멀리서 지켜보았다.

톨락, 도대체 무슨 일인가요?

그게 말이야…… 오도와 관련된 일이라서…….

크게 숨을 들이쉬며 말했다.

그녀가 이맛살을 찌푸렸다.

오도? 크니펜에 사는 소년 말이에요?

응.

크니펜. 마을 사람들은 계곡 아래쪽의 언덕을 크니펜이라 불렀다. 마을에서 가장 오래된 농가 중 하나가 있는 곳.

오도가 어떻게 되었나요?

잉에보르그가 물었다.

나는 턱을 살짝 치켜들고 마음을 가다듬었다.

헬레이크 씨가 작년에 세상을 떠난 건 당신도 잘 알고 있지?

잉에보르그가 앞치마로 칼날을 쓰윽 닦았다. 앞치마에 한 줄기 핏자국이 남았다.

물론이죠. 장례식에 함께 갔었잖아요.

맞아. 과부가 된 헬레이크 씨의 부인이 홀로 오도를 키우는 게 힘든가 봐.

그래요?

혼자선 힘에 부치는 것 같아. 최근 부쩍 마른 것 같기도 하고. 어쨌든…… 며칠 전에 우연히 그녀와 마주쳤는데, 오도가 우리 집에 잠시 머무르면 어떨지 묻더군. 그러니까…… 그녀는 우리가 오도를 키워줬으면 하고 바라는 것 같아.

그녀가 등을 돌렸다. 뒷모습이 너무나 연약해 보였다. 그녀도 오도를 키울 수 없기는 매한가지라는 생각이 들었다. 그녀가 눈을 감고 있는지, 창밖의 안개를 보고 있는지 알 수 없었다.

오도…….

그녀가 혼잣말처럼 중얼거렸다.

응.

그 아이의 이름은 오도가 아니라 오토잖아요.

맞아. 하지만 자기 이름을 제대로 말하지 못해.

그 아이는 장애아인데…….

그런 말은 하지 마.

얼마나 오래 침묵이 계속되었는지는 기억할 수 없다. 아무튼 꽤 오랫동안 정적이 흘렀던 것만은 분명하다. 잉에보르그는 다시 뇌조의 털을 뽑고 살가죽을 벗겨내기 시작했다. 군데군데 떨어진 깃털을 씻어내고 내장을 꺼낸 후 새의 몸체를 둘로 갈랐다. 그녀는 새의 간과 심장, 모래주머니 등을 손에 들고 서 있었다. 나는 커피를 마시며 크니펜에 사는 오세의 얼굴을 떠올렸다. 오세는 이틀 전 강가에서 나를 멈춰 세우고 아이를 어떻게 해야 할지 모르겠다며 하소연했다. 더는 견딜 수 없다고 말했다.

좋아요. 우리가 오도를 보살펴주도록 해요.

잉에보르그가 말했다.

오래전의 일이다.

먼 옛날, 삶을 꽉 채웠던 나날들.

우리 아이들은 갑자기 형제 한 명을 얻었다.

오도는 우리의 삶을 한순간에 뒤바꾸었다. 그는 지금 외양간에 앉아 있다. 이제 어른이 되었지만, 여전히 아이의 모습을 간직한 채로.

「 + 」

**톨 락 !**

선장이 소리쳐 나를 불렀다.

나를 좀 도와주게나.

나는 부둣가에서 그와 마주쳤다. 우리는 학교를 같이 다녔고, 어렸을 때부터 알고 지내던 사이였다.

그가 어떤 사람인지 나는 잘 알고 있다.

상자 몇 개를 가져왔어. 북쪽에서 온 거야. 매주 이렇게 상자를 가져오지. 자네가 이것들을 좀 관리해줬으면 좋겠어. 대가는 충분히 지불할게.

선장은 말을 할 때 거의 입을 벌리지 않고 중얼거렸다. 몇 해 전 그는 세상을 떠났다.

그와의 만남으로 형편은 다시 나아지게 되었고, 몇 해 동안 돈 걱정 없이 살 수 있었다.

가족들은 내가 이 일을 하는 걸 좋아하지 않았다.

잉에보르그와 아이들은 내가 일주일에 한 번씩 선장을 만나러 갈 때마다 불만 가득한 눈초리로 나를 쏘아보았다. 나는 선장이 건네주는 상자를 받아 들고 마을을 한 바퀴 돌았다. 그리고 상자 속 술과 담배 등을 마을 사람들에게 팔았다.

그들이 뭐라고 하든 나는 개의치 않았다.

하루하루가 흘러 달이 바뀌었다. 여름이 가고 겨울이 왔다.

ㄱ ㄱ
\+
ㄴ ㅢ

**걔는 너무 이상해요.**

힐레비가 말했다.

맞아요, 진짜 이상해요.

얀 비다르가 맞장구를 쳤다.

학교에서 가르쳐주는 걸 하나도 이해하지 못하는 것 같아요.

힐레비가 말했다.

두 학년 아래로 옮겨 갔어요.

얀 비다르가 말했다.

학교 운동장에 서서 마구 소리를 질러요.

힐레비가 말했다.

나는 주먹으로 탁자를 쾅 내리치며 오도에게 그런 말을 하면 안 된다고 아이들을 혼냈다.

걔는 우리 가족이 아니잖아요.

힐레비가 말했다.

의자에서 벌떡 일어나 잉에보르그에게 눈짓을 했다. 그녀에게 아이들을 맡긴다는 뜻이었다. 나는 뒤도 돌아보지 않고 밖으로 나갔다. 마당을 가로질렀다. 트랙터를 지나 목재소로 갔다. 내 것을 향해, 오도에게로.

신경 쓸 필요 없어.

그가 나를 멀뚱멀뚱 쳐다보았다.

오도, 사람들이 무슨 말을 하든 넌 절대 신경 쓰지 마.

그가 고개를 들고 힘차게 끄덕였다.

힐레비와 얀 비다르가 오도에 대한 불평을 그만둔 것은 그로부터 얼마 후였다.

**몇 년 전 은행에 갔다**. 마을에 있는 작은 은행이었다. 픽업트럭을 주차하고 아스팔트 도로를 걸어 은행 문을 열었다. 접수처 앞에는 레이프 군나르가 앉아 있었다. 그는 이웃에 사는 지인의 아들이었다. 나는 그를 아주 어렸을 때부터 보아왔다. 힐레비와 동갑이었던 그는 학교를 졸업하고 수년간 외지에서 살다가 다시 마을로 돌아와 은행에서 일을 시작했다. 레이프 군나르가 조그마한 아이였을 때 그는 우리 집에 놀러와 내 아내가 주는 빵을 받아먹기도 했다. 우리 집에서 종종 자고 갈 때도 있었다. 짐작하건대 힐레비에게 특히 관심이 많은 듯했다. 호리호리하고 연약한 아이, 또래 남자아이들과는 주먹을 쓰지도 못하는 아이, 항상 음식을 깨작깨작 먹는 아이,

빵 껍질에는 손도 대지 않는 아이, 고기를 먹을 때는 하얀 지방질을 떼어내고, 눈에 불을 켜고 생선의 잔가시를 발라내는 아이. 그는 어머니의 유전자를 이어받은 것이 틀림없었다. 그의 어머니는 도시 출신으로 이곳의 삶과는 어울리지 않는 여인이었다. 레이프 군나르가 고등학교에 입학했을 때 그의 집에 큰 소동이 있었다. 그의 어머니가 시청 공무원과 바람을 피운 사실이 발각되었기 때문이다. 두 사람은 수년간 관계를 지속해온 것으로 밝혀졌다.

나는 은행 문이 저절로 닫히도록 놓아둔 채 접수처로 다가갔다. 그에게 고개를 끄덕이며 인사를 건넸다.

안녕하세요, 톨락 씨!

전형적인 도시 남자의 미소를 입가에 띄우며 그가 말했다. 그의 어머니가 하던 그대로였다.

오랜만이군요. 반갑습니다.

오랜만이라고? 반갑다고?

레이프 군나르는 항상 그런 식으로 말했다.

힐레비는 잘 지내나요?

그가 물었다.

한동안 못 보았어요. 지금 오슬로에 산다는 소문을 들었는데, 맞나요?

내 딸에 관해서라면 나도 할 말이 적지 않았다. 딸의 머릿속에는 대도시의 악취가 가득 차 있으며, 그 애가 살았던 곳과 그 애가 배웠던 모든 것에 침을 뱉기를 주저하지 않는다는 사실을. 하지만 나는 아무 말도 하지 않았다.

내 돈을 찾으러 왔소.

당황한 듯 그의 눈동자가 초점을 잃고 흔들렸다.

한 푼도 빠짐없이, 모두.

그가 자세를 고쳐 앉으며 주변을 둘러보았다. 잠시 후 그가 입가에 미소를 머금고 말문을 열었다. 도시의 미소를 띤 채.

톨락 씨, 무슨 말씀을 하시는지 이해가…….

그의 얼굴에서 미소가 사라질 때까지, 그가 더 이상 가식적인 입으로 내 이름을 말할 수 없을 때까지 멱살을 쥐고 흔들어대고 싶었다. 하지만 나는 제자리에 가만히 서서 꼼짝도 하지 않았다.

레이프 군나르, 나는 내 돈을 찾으러 왔어. 아직도 내가 무슨 말을 하는지 모르겠나? 내 돈을 내가 찾는 데도 매번 전화를 하고, 수수료를 지불하긴 싫어. 알겠나? 내가 피땀 흘려 저축한 돈으로 당신네들이 부를 축적하는 꼴도 보기 싫어. 이제 이런 멍청한 짓은 그만두고 싶네.

아…… 저는 단지…….

어렵게 생각할 거 없어. 당신네들이 내 돈을 이리저리 굴리는 꼴은 더 이상 보고 싶지 않아.

나는 통장에 있던 돈을 모두 찾아왔다. 단돈 1크로네도 남기지 않고. 지금도 통장에 돈을 넣어두지 않는다. 매달 연금이 지급되면 그날 바로 픽업트럭을 타고 은행에 가서 모두 찾아오고는 한다. 은행에서 찾아온 돈은 유리장식장 속 술병 옆에 보관해두었다.

내 것에 손을 대는 이들은 가만두지 않을 것이다.

**잉에보르그는 함께 살기에 쉬운 사람이지만 나는 그렇지 않다.** 그녀는 걸을 때도 가볍게 사뿐사뿐 발을 옮겼고, 얼굴은 항상 밝고 환했다. 마을 사람들은 분명 나를 배우자로 맞아들인 그녀의 선택이 잘못된 것이라 생각했을 것이다. 사람들은 그녀를 생기 넘치는 매력적인 사람이라 생각했다.

그렇다고 해서 삶에서 겪는 여러 가지 일들을 그녀가 의미있게 받아들이지 않는다는 뜻은 아니다. 물론 어떤 사람들은 주변에서 일어나는 일들에 크게 신경을 쓰지 않는다. 내 동생이 바로 그런 사람이다. 라르스 오게는 무슨 일을 겪든 금방 툭툭 털어내곤 한다. 그는 미국으로 건너가 석유 산업에 뛰어들어 큰돈을 벌었다. 그 후에는 그의 얼굴을 보기가 하늘에

별 따기만큼 어려워졌다. 집에 오는 일도 점점 뜸해졌다. 편지나 엽서도 보내지 않았기에 어머니는 자주 걱정을 했다.

마을의 친지와 지인들은 라르스 오게가 신기술이 지배하는 새로운 시대에 뛰어들었다고 입을 모았다. 그러던 어느 날 갑자기 그는 자신과 나이 어린 아내의 사진을 보내왔다. 간단한 안부 인사와 함께. 나와는 아무 상관 없는 일이었다. 나는 새로운 시대나 신기술과 거리가 먼 사람이었으니까. 라르스 오게와 나는 어렸을 때부터 수도 없이 다투며 자랐기에 애틋한 감정도 별로 없었다. 우리는 서로를 바보 멍청이라고 생각했다. 자신의 뿌리가 어디에 있는지도 모르는 채 여기저기 정신 나간 사람처럼 돈을 흩뿌리고 다니는 사람들과는 나 역시 가까이 지내고 싶은 생각이 없다.

그는 세상의 그 어떤 것도 의미 있게 받아들이지 못하고 스쳐 지나가는 사람이다.

잉에보르그도 처음에는 그랬다. 그녀는 얼마나 밝고 가볍고 환한 사람이었던가.

그 때문에 날이 갈수록 점점 어둡고 우울해지는 그녀의 모습은 내게 너무나 낯설고 힘들었다.

[ + ]

**잉에보르그의 아버지는 내 면전에 대고 직접적으로 말했다.**

우리는 바닷가에 자리한 그녀의 집에서 함께 시간을 보냈다. 나는 그녀의 아버지를 도와 장작을 옮기고 있었다. 당시 나는 힘이 넘치는 젊은이였고, 그녀의 아버지는 나보다 서른 살이 많았다. 나는 그를 잘 알지 못했다.

톨락.

그가 마지막 장작더미를 땅에 내려놓고 말문을 열었다.

네, 무슨 일인가요?

그가 한 발짝, 두 발짝 발을 옮기더니 내 앞으로 바짝 다가와 말을 이었다.

자네가 알아야 할 것이 있어.

그가 내 눈을 뚫어지게 바라보았다. 나는 아무 말도 하지 않았다.

이제 내 생각을 자네에게 말해주겠네.

그가 한 발짝 더 가까이 다가왔다.

그의 체취마저 느낄 수 있을 정도였다.

황소.

그는 몸집이 매우 큰 사람이었다. 위트레네세트에서 온 군발. 그의 눈가에는 흙더미가 쌓여 있는 것 같았다.

네, 말씀해보세요.

그가 땅에 침을 뱉으며 천천히 말을 꺼냈다.

내 딸이 자네에게 푹 빠져서 정신을 못 차리는 것 같아.

우리는 이미 앞날을 약속했습니다.

자네는 재앙이 될 거야. 내 딸은 물론, 우리 모두에게.

**위트레네세트 출신 군발의 딸**. 소녀는 어렸을 때부터 마을 사람들의 입에 자주 오르내렸다. 그녀는 햇살을 머금은 구슬처럼 반짝였다. 그녀가 길을 가면 남녀노소를 막론하고 한 번씩 그녀를 돌아보았다. 그들은 분명 그녀를 두고 갖가지 상상을 했을 것이다. 하지만 그녀는 그들에게 눈길도 주지 않았다.

그녀를 내 사람으로 만들기 위해서 특별히 한 일은 없다. 나는 총기 어린 눈빛을 한, 잘생긴 외모의 건장한 청년이었다. 적어도 어머니는 내게 자주 그렇게 말했다. 그해 여름, 나는 아버지의 목재소에서 일을 배우고 있었다. 지금의 오물 같은 세상이 오기 전, 까마득한 옛날의 이야기다.

잉에보르그는 일을 배우고 있던 내게 어느 날 갑자기 다가왔다. 내 기억이 맞는다면, 그녀는 아버지와 함께 목재소에 왔다. 그녀는 목재소를 둘러보다가 갑자기 내 앞에서 발을 멈추었다.

당신은 아래쪽 골짜기에 사는 톨락이죠?

톱질을 하던 나는 고개를 들고 그녀를 쳐다보았다. 위트레네세트에서 온 소녀. 부드럽고 하얀 피부, 긴 머리, 가느다란 허리.

나는 다시 고개를 숙였다. 아무 말도 하지 않았다.

톨락, 목재소에서 일을 마치면 어떻게 시간을 보내나요?

별별 질문을 다 한다고 생각하며, 나는 말없이 어깨만 으쓱해 보였다.

아무것도 안 해요? 좋아하는 게 하나도 없나요?

목재소의 직원들은 우리를 곁눈질하며 코웃음을 쳤다.

그녀가 다시 말문을 열었다.

톨락, 말해봐요. 정말 좋아하는 게 아무것도 없어요?

네.

나는 결국 한마디 대답을 돌려주었다. 정신을 차릴 수 없었다. 마치 영혼은 어딘가로 빠져나가고 거죽만 남은 것 같았다. 잘 알지도 못하는 소녀 앞에서.

그로부터 몇 주 후, 그녀는 내게 키스를 선사했다. 그녀와의 첫 키스였다.

**잉에보르그.**

그녀는 현관 입구의 계단에 앉아 두 손으로 커피 잔을 감싸 쥐고 있었다.

결혼한 지 반년이 지난 때였다. 우리는 철부지 젊은이에 불과했고, 그녀가 우리 집에 들어와 살고 있었다.

잉에보르그가 고개를 들어 나를 쳐다보았다.

네?

당신을 만나기 전에 난 그리 자랑할 만한 삶을 살지 못했어. 만약, 당신이 나에 관한 나쁜 소문을 듣는다면, 그건 모두 사실일 거야.

그녀는 차가운 두 손을 녹이려는 듯 따스한 커피 잔을 더욱 힘주어 감쌌다.

하지만 난 변했어. 과거의 삶에서 벗어났거든. 지난 삶에 연연할 필요도 없고.

나는 문밖으로 나가 목재소로 발을 옮겼다.

**잉에보르그는 잠이 무척 많은 여자였다.** 함께 살기 시작한 후로 나는 그녀의 잠버릇 때문에 자주 짜증을 냈다. 아침이 되면 나는 벌떡 일어났지만 그녀는 침대에서 한참을 머물렀다. 나는 어둠이 내리자마자 바로 잠자리에 들었지만 내가 함께 살고자 했던 여인은 늦도록 시간을 끌었다. 그러나 세월이 흐르면서 그녀를 향한 짜증도 사그라들었고, 오히려 이런 불균형적인 일상이 점점 좋아졌다. 동틀 무렵의 희미한 햇살 아래서 잉에보르그가 일어나길 기다리는 시간, 홀로 먼저 잠자리에 들어 몇 시간 뒤 살그머니 내 곁에 몸을 붙여 올 그녀를 기다리는 시간이 점점 좋아졌던 것이다.

나는 새벽을 충분히 만끽해야 하는 사람이었다. 그렇지 않으면 불쑥 치켜드는 불만을 잠재울 수가 없었다.

매일 나는 새벽 5시 또는 5시 30분이면 일어났다. 잉에보르그는 여전히 한밤중이었다. 나는 헐렁한 작업복 바지와 스웨터를 걸치고 방문 옆 아버지의 낡은 등받이 의자 위에 놓인 실내용 슬리퍼를 신었다. 2층에 있는 욕실로 올라가 소변을 보고 몸속에 있는 모든 공기를 빼낸 다음, 차가운 물로 세수를 했다. 아래층 거실로 내려가서 벽난로에 장작을 넣고 불을 지핀 후에는 창가로 가서 밝아오는 하루를 맞으며 아내를 기다렸다. 6시 30분이 되면 계단을 내려오는 그녀의 발소리를 들을 수 있었다.

쉽지 않아요. 힐레비와 얀 비다르에 오도까지 함께 키우는 게 힘에 부쳐요. 오도가 지석상애아라서 더 힘들다고요.

오도를 그렇게 부르지 마.

그럼 어떻게 불러야 하나요?

그냥 오도라고 하면 되잖아. 그 외에는 다른 어떤 말도 하지 않았으면 좋겠어.

그는 외양간에 앉아 있었다. 나는 아직 오도에게 아이들이 온다는 말을 하지 않았다. 그의 형제들. 나는 오도가 힐레비와 얀 비다르를 어떻게 생각하는지 정확히 알 수 없었다. 그들은 오도가 우리 집에서 살기 시작했을 때부터 함께 놀아주기는 했지만 일종의 의무감에서 비롯된 것이었다. 마치 그가 한 마리 반려견이라도 되는 것처럼. 잉에보르그가 함께 놀아야 한다고 했기 때문이었다. 하지만 그것은 오도에게도 즐거운 일이 될 수 없었고, 그들에게는 더더욱 그랬다.

오도는 여전히 외양간에 앉아 있다. 칠흑 같은 어둠 속에서.

내 눈에는 환하게 잘 보여.

그는 자주 어둠 속에서 그렇게 말했다.

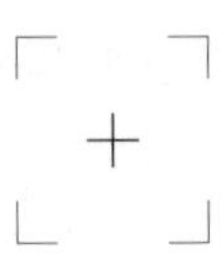

**어둠의 시간이 찾아왔다.**

들판에 잦아드는 밤안개처럼 시간은 스멀스멀 다가왔다.

가장 먼저 눈치챈 것은 잉에보르그가 자꾸만 집 안의 벽과 모퉁이 쪽으로 몸을 숨기려 한다는 점이었다. 이전에는 집 안 한가운데를 자유롭게 활보하던 그녀였다. 하지만 이젠 벽 쪽으로 붙어 걷거나 구석진 곳에 앉아 있는 횟수가 점점 늘어났다. 그다음 변화는 그녀의 옷차림이었다. 예전과 달리 헐렁한 옷을 걸치는 일이 잦아졌다. 평소 몸에 딱 붙는 치마와 블라우스, 원피스를 입던 그녀가 텐트처럼 큰 옷을 자주 입었던 것이다. 세 번째는 눈빛이었다. 항상 내 얼굴을 바라보며 두 눈을 마주치던 그녀의 시선이 점점 아래로 향하기 시작했다. 마지막으로 눈치챈 것은 저녁 일찍 잠자리에 든다는 점이었다. 심지어는 그녀가 나보다 먼저 잠자리에 들 때도 있었다.

휴…… 오늘은 일찍 자야겠어요.

저녁이 되면 그녀는 내게 이렇게 말했다. 그 힘없는 목소리는 내 귀에 낯설게 들렸다. 그녀는 책장 옆, 어머니에게서 물려받은 낡은 램프 아래에 있는 안락의자에서 천천히 몸을 일으켰다. 두 손은 어디에 두어야 할지 모르는 듯했고, 두 다리는 힘없이 질질 끌며 문을 향해 걸어갔다.

그런 모습을 보노라니 두려움이 엄습했다. 내가 알고 있는 나의 아내가 아니었다. 침실로 향하는 계단을 오르는 그녀의 발소리는 무겁고 낯설었다.

음.

나는 이 세상의 일을 모두 이해할 수는 없는 법이라고 생각했다.

이럴 때 한 남자가 할 수 있는 일은 무엇일까.

아내가 자리에 누우면, 남편은 그 위에 누워야 하지 않을까.

힐레비와 얀 비다르는 고등학교에 입학했다. 아이들은 당시 집안에 무슨 일이 벌어지고 있는지 잘 알지 못했다. 오도는 하루 종일 집에 있었지만, 눈치를 챈 것 같진 않았다.

어둠이 잉에보르그를 짓누르던 시간. 아픈 시간이었다. 내가 이해할 수 없는 것이 너무나 많았으나 일일이 물어보지 않았다. 나는 일을 하기 위해 집을 비웠고, 언젠가는 그 아픈 시간이 끝나리라 믿으며 기다리기만 했다.

거의 1년이 흘렀다. 그녀는 다시 사람들과 눈을 마주치기 시작했다. 헐렁한 옷차림에서도 벗어났다. 저녁 늦게까지 깨어 책을 읽거나 친구들과 전화로 수다를 떨고, 텔레비전을 보았다. 구석진 자리 대신 다시 열린 공간 속에서 걷기 시작했다.

우리는 힘겹게 그 시간에서 벗어났다.

하지만, 그 어둡던 시간이 완전히 자취를 감춘 것은 아니었다. 단지 어딘가에 숨어 동면을 취하고 있었을 뿐.

지금 나는 그녀가 너무나 그리워 눈에서 피가 날 지경이다.

[ + ]

**10여 년 전에 있었던 일이다.**

나는 마당 모퉁이에서 장작을 패고 있었다. 때는 이른 봄이었다. 여기저기서 파릇파릇한 싹이 돋아나기 시작하고 눈이 녹은 자리도 점점 넓어졌다. 삶이 침묵을 지키던 정적의 시간. 여러 날이 한데 이어져 하루처럼 다가오던 때. 아이들은 집 밖에서 많은 시간을 보내기 시작했고, 목재소의 일은 점점 줄어들었다.

도끼를 내리쳐 나무 그루터기를 둘로 쪼갰다. 나는 단순한 일을 좋아한다. 저 멀리 서쪽 들판에서 오도가 터벅터벅 걸어왔다. 녹색 재킷을 입은 그가 무언가를 질질 끌며 나를 향해 다가왔다.

나는 도끼를 내려놓고 눈을 가늘게 떴다.

오도?

응.

도대체 뭘 하고 있었니?

그가 뒤에 질질 끌고 온 것은 빌리였다. 빌리는 마치 도살당한 정육점의 고깃덩이처럼 끌려왔다. 오도가 내 앞에 개의 사체를 내려놓았다. 빌리의 목덜미에 총알이 박혀 있었다.

오도.

나는 나직한 목소리로 말했다.

네가 그랬니?

허리를 숙여 죽은 개를 쓰다듬었다.

그가 고개를 끄덕였다.

왜 이런 짓을 했어?

한참의 침묵 후에 그는 더듬더듬 말을 시작했다.

잘 모르겠어.

오도!

화가 치솟기 시작했다.

이런 일을 하면 안 돼!

그날 나는 그에게 손찌검을 할 뻔했다. 가까스로 참지 않았더라면 그의 사지를 분질러버렸을지도 모른다.

꺼져! 외양간에 가서 앉아 있어!

빌리를 어떻게 할 거야?

땅에 묻어야지. 자갈밭에.

오도는 여간해서 잘 울지 않았다. 기억하건대, 잉에보르그도 그런 말을 한 적이 있다. 난 저 아이가 우는 걸 한 번도 본 적이 없어요. 그날 저녁 오도는 평생 흘릴 눈물을 다 흘렸다 해도 과언이 아닐 만큼 쉬지 않고 목을 놓아 울었다. 대문 밖으로 뛰쳐나가 정신없이 마당을 돌아다니며 빌리를 외쳐 부르기도 했다. 내가 할 수 있는 일은 아무것도 없었다.

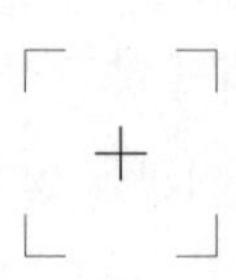

**이해할 수 없었다.** 그가 왜 빌리를 쏘아 죽였는지. 빌리는 오도의 둘도 없는 친구였다. 그는 하루 종일 빌리와 함께 있었고, 빌리와 대화를 나누기도 했다.

며칠 후 다시 그에게 물었다.

오도, 말해봐. 왜 빌리를 쏘아 죽였니?

아저씨.

나?

응, 아저씨.

이제부터 나를 아버지라 불러.

하지만 그가 나를 아버지라 부르는 일은 일어나지 않았다.

그는 여전히 나를 아저씨라 불렀다.

수년이 지난 지금도, 그는 가끔 자갈 더미 옆에서 빌리를 소리쳐 부르곤 한다.

「 + 」

**강렬한 황금빛이 여기저기 자리를 잡기 시작했다.**

10월이었다.

예년과는 달리 무더운 가을이었다. 잉에보르그는 여름이 한 번 더 찾아온 것 같다며 고개를 저었다. 또 한 번의 여름. 그녀만의 아름답고 기분 좋은 말투가 아직도 내 귓전에 남아 있다. 벌써 수십 년 전의 일이다. 마을 사람들은 만나기만 하면 예년 같지 않은 늦더위를 주제로 수다를 떨었다. 목발을 짚고 다녔던 구멍가게 주인 엘다르는 지구의 종말이 가까워졌다면서 마음껏 먹고 마시며 즐겨야 한다고 떠들어댔다. 기회만 생기면 온갖 터무니없는 말을 해대는 얼간이들 같으니.

그런 이야기에는 나는 귀를 닫고 살았다.

그해 가을에 얀 비다르가 열네 살이 되었던가?

내 기억이 맞는다면, 힐레비는 그해 12월에 열두 살이 되었을 것이다.

오도는 얀 비다르와 힐레비보다 몇 살 더 많았다.

나는 이미 그때부터 내가 몸담았던 시간이 나와는 맞지 않는다는 것을 깨닫기 시작했다. 아침에 힘겹게 눈을 뜨면 낙담과 실의가 내 피부를 갉아먹듯 파고들었다. 일단 세상이 나의 둥지에 찾아들면 돌이킬 수 없다는 것을 이해했기 때문이리라. 동시에 눈앞의 오솔길이 갑자기 무성해져 앞으로 나아갈 수 없을 것 같은 절망감도 느꼈다. 잉에보르그는 내가 너무 비관적이라고 말했다.

톨락, 당신은 너무나 비관적이에요.

난 세상을 있는 그대로 볼 뿐이야.

힐레비와 나의 관계에 먹구름이 끼기 시작했던 것도 바로 그 무렵이었다.

적어도 나는 그렇게 생각했다.

얀 비다르? 글쎄…… 얀 비다르는 잉에보르그를 쏙 빼닮았기에 눈에 넣어도 아프지 않은 보물이었다. 심지어 '보물'이라는 단어를 입 밖으로 말한 적도 있다. 물론 누가 들을 만큼 크게 말하진 않았다. 그런 말은 여자들이나 한다. 내 소중한 보물. 그런 말을 입에 올리는 남자들을 보는 건 내겐 고역이었다. 반면 여자들이 그런 말을 하면 꽤 그럴듯하게 들린다. 물론 내가 살고 있는 이 시간, 내가 사는 이 나라에서는 생각을 달리 해야 한다는 걸 잘 알고 있다. 게다가 내 주변 사람들도 이전과는 다른 나의 모습을 기대한다는 것도. 나는 그들의 바퀴에 끼어 있는 모난 돌멩이일 뿐이다. 그들은 얼른 나를 빼내고 싶어 한다. 그래야 바퀴가 자유롭게 굴러갈 테니까. 하지만 그런 일은 일어나지 않을 것이다.

내 말을 듣고 있나?

그런 일은 일어나지 않을 것이다. 절대로!

그들의 반짝이는 이빨로도 나를 다듬을 수는 없다.

얀 비다르는 언뜻 보면 매우 유약해 보인다. 손도 얼굴도 작고, 팔다리도 가늘며 머리숱도 별로 없다. 그는 분명 자기 아내에게 내 소중한 보물이라는 낯간지러운 말을 어렵지 않게 할 수 있을 것이다. 자신의 아이들이자 나의 손주들에게도 그런 말을 할 수 있을 것이다. 아무래도 좋다. 단지 내 앞에서 그런 말만 하지 않는다면. 그는 제 어머니를 꼭 빼닮았다. 바로 그 때문에 나는 얀 비다르를 함부로 대할 수가 없다.

시내의 가구 도매상을 찾았다. 내 목에 칼자국을 냈던 그들을 찾을 수밖에 없는 시간이 왔기 때문이었다. 나는 가슴속에서 치밀어 오르는 화를 억누르지 못해 가구 도매상에서 물건을 구입하는 일을 계속 미루어왔다. 결국, 더는 미룰 수 없는 시간이 찾아왔다. 선택의 여지가 없었다. 나는 6인치 못이 한가득 들어 있는 상자를 들고 진열대 옆에 서 있었다. 누군가가 내 어깨를 툭 치기에 돌아보았다. 그는 얀 비다르와 같은 반에서 공부하는 한 학생의 아버지였다. 전형적인 사무원. 그의 이름은 아틀레였다. 그와 단 한 번도 인사를 나눈 적이 없었지만 그가 누구인지는 잘 알고 있었다. 나는 시내에 사는 사람들이 모두 누구인지 잘 알았다. 작은 시골 마을에서 살아 본 적이 있는 사람이라면 내가 무슨 말을 하는지 이해할 수 있을 것이다. 나는 그가 시청에서 일한다는 건 알고 있었지만, 그가 정확히 무슨 일을 하는지는 알지 못했다.

그가 내 이름을 불렀다. 10월인데도 여름처럼 무덥다는 말을 했던 것 같다. 그는 내 곁에 바짝 붙어 서서 이상하리만큼 나직한 목소리로 말을 걸어왔다. 그의 눈빛을 본 순간, 나는 그가 날씨 이야기를 하려고 내게 다가온 게 아니라는 것을 알았다. 그와 대화를 나누고 싶은 생각이 조금도 없었으나 그는 이미 내가 쳐놓은 경계선 안으로 들어온 후였다. 사람들과의 접촉을 피하기 위해 둘러친 나만의 경계선. 그가 눈을 껌벅거리며 한 발짝 내게 더 다가왔다.

톨락 씨.

네.

아이들의 학교에서 무슨 일이 있었는지 들으셨나요?

그는 귓속말을 하듯 나직이 말했다.

나는 고개를 저었다.

시내에서 온 부랑배들이 우리 아이들에게 마약을 판다고 하더군요.

아틀레는 내게 마치 매우 중요한 비밀이라도 알려준 듯이 고개를 한 번 끄덕이더니 돌아서서 가버렸다.

나는 그들이 누구인지 알아냈다. 그들이 어디에 사는지도. 어느 날 저녁, 나는 잉에보르그에게 요양원에 머무르는 어머니를 찾아보기 위해 시내에 간다고 말했다.

네, 그러세요. 어머니에게 안부 전해주세요.

잉에보르그는 환한 미소를 지었다.

해가 질 무렵 골짜기 아래쪽으로 픽업트럭을 몰았다. 시내까지는 약 30분이 걸렸다. 고등학교의 체육관 앞에 차를 세운 후, 학교 뒤쪽의 숲속으로 걸어 들어갔다. 숲속에는 낡은 청년회관이 있었다. 나는 나무둥치 사이에 몸을 숨긴 채 날이 어두워질 때까지 기다렸다. 천천히 청년회관 쪽으로 걸어가 창을 통해 안을 들여다보았다. 그들 앞에 자리한 탁자 위에는 봉지 몇 개가 널브러져 있었다. 그들은 서로의 어깨를 툭툭 치며 키득키득 웃고 있었다. 닐스와 욘 에이빈드는 열아홉 살, 헬게는 스물두 살이었다. 나는 닐스의 가족을 잘 알고 있었다. 그들은 과거 나의 목재상에서 자주 물건을 구입하곤 했다. 다른 아이들은 특별히 잘 알지 못했다. 욘 에이빈드의 아버지는 내가 그리 관심을 두지 않는 정당에 속한 정치인이었고, 헬게의 가족은 마을 동쪽에서 농사를 짓고 있었다. 나는 그들과 단 한 번도 인사를 나눈 적이 없었다.

나는 문을 벌컥 열고 들어가 그들에게 무지막지하게 주먹질을 했다.

**나는 그 일을 잉에보르그에게 비밀로 했다.** 만약 그녀가 알게 된다면 겁에 질려 어쩔 줄을 몰랐을 게 틀림없다. 차라리 모르는 것이 더 나았다. 아이들이 무슨 짓을 했는지, 또 내가 무슨 짓을 했는지.

하지만 나는 얀 비다르와 힐레비에게 그 이야기를 해주리라 마음먹었다. 오도에겐 이미 해주었다. 그날 우리는 서쪽 들판에 함께 서 있었다. 오도는 쌍안경을 손에 쥐고 매를 찾고 있었다.

오도.

응?

지난번에 말했던 남자 아이 셋 말이다, 내가 오늘 그 아이들을 실컷 때려주었단다.

오도가 손을 떼자 쌍안경이 툭 떨어져 그의 가슴께에서 덜렁거렸다. 그가 두 손을 모아 손뼉을 한 번 쳤다. 짝!

아무에게도 말하면 안 돼.

오도의 눈이 반짝였다.

그의 눈동자는 눈이 부실 만큼 빛을 발했다.

힘껏 때렸어?

그가 물었다.

아마 그럴걸.

그가 다시 쌍안경을 거머쥐고 눈앞에 댔다. 아름다운 소년. 그는 자신이 볼 수 있는 것만 보는 사람이었다.

오도는 외양간에 앉아 어망을 만지작거렸다. 그를 생각할 때마다 가슴이 찢어질 정도로 고통스럽다.

사람들은 필요하다면 세상을 홀로 살아갈 수 있다. 하지만 오도의 곁에는 항상 누군가가 있어야만 한다.

**아이들이 세상에 태어났을 때 나는 크게 만족했다.** 아이들을 보며 일종의 사명감을 느꼈고, 그들을 잘 키워내는 것이 나의 임무라는 것도 깨달았다.

그것이 바로 내가 생각한 것이었다.

얀 비다르는 어렸을 때부터 작고 연약했다. 하지만 나는 아이가 세상을 살아나가는 데는 문제가 없을 것이라고 믿었다. 머리가 좋아 학교 성적도 우수했고, 시키는 일을 척척 해내는 등 책임감도 있었다. 부모의 입장에서 본다면 미래를 크게 걱정하지 않아도 되는 아이였다.

아이들이 어렸을 때 그들과 함께 많은 시간을 보내지는 않았다. 나는 주로 목재소에서 일을 했고, 아이들은 잉에보르그와 함께 시간을 보냈다. 그렇다고 해서 내가 아이들과 얼굴도 마주치지 않았던 건 아니다. 나도 가끔은 아이들과 함께 놀아주었다. 주로 아침과 저녁 시간, 그리고 주말. 요즘에는 아이들과 함께 시간을 보내는 남자들이 꽤 많다. 얀 비다르의 아내는 마주치기만 하면 나를 똑바로 쳐다보며 큰 목소리로 또박또박 그 사실을 말하고는 했다.

글쎄.

우리의 방식이 그다지 잘못되었다고는 생각지 않는다. 아이들이 어렸을 때 내가 할 수 있는 일은 그리 많지 않았으니까. 아이들은 주로 어머니와 함께 있고 싶어 했다. 이해하기에 어렵지 않은 일이 아닌가. 하지만, 솔직히 말하자면 얀 비다르는 어렸을 때 나와 함께 더 많은 시간을 보내고 싶어 하는 눈치였다. 나는 아이의 마음을 들여다볼 수 있었다. 얀 비다르는 어린 나이에도 꽤나 어른스러웠다.

톨락, 여길 봐요.

잉에보르그가 말했다.

왜?

아이가 당신을 향해 가고 있어요.

아니야.

나는 등을 돌린 채 말했다.

그렇다니까요. 톨락, 아이를 한번 보라고요.

나는 얀 비다르를 향해 고개를 돌렸다.

그녀의 말은 틀리지 않았다. 조그마한 사내아이가 꼼지락 꼼지락 자신의 아버지를 향해 기어 오고 있었다.

얀 비다르와 나. 우리는 그럭저럭 남들 못지않게 좋은 관계를 유지했다. 말을 많이 주고받지는 않았다. 적어도 내 입장에선 그랬다. 하지만 나는 아들에게 꽤 많은 것을 가르쳐주었다. 숲과 밭, 물속과 땅 위의 동물들, 그리고 세상에 관해. 물론 그것은 내가 보는 세상이었다. 얀 비다르는 목재소에서 미래를 찾을 수 없다고 생각했는지 바닷가 마을로 내려가 수산물 물류센터에 취직했다. 그를 비난할 생각은 없다. 목재소는 이미 죽어가고 있었으니까.

얀 비다르는 가끔씩 집에 왔지만 그조차도 세월이 흐를수록 점점 뜸해졌다. 그렇다고 아예 발길을 끊은 것은 아니었다. 자식이 태어난 후에는 아이들과 함께 올 때도 있었고, 혼자 올 때도 있었다. 그는 거실에 앉아 자신이 하는 일에 관해 주로 이야기했다.

우리는 함께 있을 때면 잉에보르그의 사진을 꺼내 보았다.

혼자 있을 때 나는 그녀의 사진을 보지 못한다. 사진 속 그녀를 보는 순간 심장이 찢어질 듯한 고통을 느끼기 때문이다.

얀 비다르가 아내 잉에레이브를 데리고 오는 날이 점점 줄어들었다. 내겐 오히려 더 좋은 일이었다. 그녀의 못마땅하다는 듯한 눈빛과 불평하는 소리를 듣지 않아도 되기 때문이다. 그렇기는 하지만, 마음 한구석이 찜찜한 것은 어쩔 수 없었다. 이유를 알 수 없었다. 얀 비다르와 그의 아내가 나에 대해 무슨 말을 하는지도 알 수 없었다. 한 가지 분명한 건 그녀가 나를 좋아하지 않는다는 사실이었다. 그러나 개의치는 않았다. 나를 싫어하는 사람은 한둘이 아니었으니까. 그럼에도 무언가 다른 이유가 있다는 생각이 나를 떠나지 않았다. 잉에보르그가 살아 있었다면 매듭을 풀어야 한다고 말했을 것이다. 가끔은 도대체 무슨 꿍꿍이속을 가지고 있냐고 얀 비다르의 아내에게 소리를 지르고 싶을 때도 있었다. 그녀가 내 등 뒤에서 무언가 사악한 일을 꾸민다는 걸 직감했기 때문이다.

얀 비다르와 나는 둘이 있을 때 그런 이야기는 하지 않았다.

그것은 얀 비다르가 스스로 해결해야 할 일이다.

힐레비와 나?

우리의 관계는 그다지 좋다고 할 수 없었다.

항상 그랬다.

앞으로도 우리의 관계가 나아지리라곤 생각지 않는다.

┌ ┐
+
└ ┘

**오늘 저녁, 나는 술병에 손을 대지 않았다.**

아이들은 내가 술 마시는 걸 싫어했다.

특히, 힐레비는 더욱 그랬다.

내가 술을 마시면 신경질을 냈다.

딸아이는 모든 일에 신경질을 내는 사람이다.

언제부터 그랬지?

어렸을 때는 그렇지 않았다. 적어도 내가 기억하는 바로는 그렇다. 어렸을 때 힐레비는 항상 밝고 생기가 넘쳤다. 겨울이 오면 스키를 타고 골짜기를 종횡무진했고, 건강하고 민첩한 데다 학교 성적도 얀 비다르 못지않게 좋았다. 저녁이면 내게 다가와 미소를 지으며 곰살맞게 잘 자라는 인사도 곧잘

하곤 했다. 어디서 그런 것을 배워 왔는지 모를 일이었다. 그 애를 조금도 이해할 수가 없었다.

새로운 시간은 그녀의 머릿속을 헤집어놓았다.

그들이 오기 전에 나는 오도를 찾아볼 생각이다.

나는 오도가 아파한다는 걸 느낄 수 있었다.

**힐레비는 나를 지치게 만들었다.**

우리는 전속력으로 서로를 향해 굴러가는 두 개의 모난 돌처럼 살아왔다. 매우 오랫동안. 둘 중 어느 하나도 싸움에서 물러서려 하지 않았다. 싸움은 끊임없이 계속되었다.

힐레비는 집을 떠나 살고 있다. 시내에서 사는 건 아니다. 아니, 이 시내에는 발걸음도 하지 않았다. 그 애는 수도 오슬로까지 가서 살고 있다. 어느 대학에서 연구를 한다고, 무언가를 쓴다고 했다. 내가 보기에는 이전 세대 남성들이 쌓아 올린 모든 것들에 반기를 드는 것 같았다. 이전 세대 여성들이 그랬던 것처럼. 너무나 잘못된 것이라 내 입에 올리기도 적절하지 않을 정도다. 나는 언젠가 딸아이가 쓴 글을 본 적이 있다. 코끝에 안경을 걸치고 글이 실린 신문을 사서 찬찬히 읽어보았다. 힐레비의 글에서는 집에서 사용하는 말을 전혀 찾아볼 수 없었다. 글을 읽다 보니 그 애가 낯선 사람처럼 여겨졌다. 힐레비는 과거의 시간, 남성들, 그리고 현재의 시간을 살아가는 순종적인 여성들에게 화살을 쏘아댔다. 한 명도 빠짐없이. 그녀는 마치 사나운 매처럼 우리들의 머리 위에서 세찬 날갯짓을 했고, 내 자식의 입에서 나오리라곤 생각지도 못한 말을 쏟아냈다.

힐레비는 내가 가진 모든 것을 무너뜨리려 했다.

나와 잉에보르그가 함께했던 시간들에 날카로운 칼을 들이댄 것이다.

잉에보르그, 당신 딸이 지금 무슨 짓을 하고 있는지 당신이 볼 수 없다는 사실이 오히려 기쁘기만 해. 힐레비는 남자든 여자든 가리지 않고 땅에 내동댕이친 채 무자비하게 짓밟고 있어. 난 그 아이를 어떻게 하면 좋을지 모르겠어.

아이에게 시간을 주세요.

잉에보르그는 이렇게 말하고는 했다.

시간을 주라고? 도대체 얼마나 더 시간을 줘야 하지?

톨락, 힐레비는 고집이 세서 그래요.

그건 나도 알아.

힐레비는 당신을 닮았어요.

몇 년 전, 한 라디오 토론 프로그램에서 힐레비의 목소리를 들었다. 나는 콘센트를 뽑아버렸다.

지난주에 힐레비에게 전화를 했다.

나다. 잘 있었니?

안녕하세요.

어떻게 지내고 있니?

그럭저럭 지내요.

힐레비는 바빠서 길게 통화할 수가 없다며 용건이 뭐냐고 물었다. 그 애에게 전화를 할 때마다 듣는 소리였다.

진정해. 얼른 끊을 테니까.

힐레비는 즉시 내가 전화를 건 이유를 알려고 했다.

아버지가 딸에게 전화하는 데 특별한 이유가 있어야 하는 거니?

힐레비는 아무 말도 하지 않았다.

아버지가 딸에게 전화도 할 수 없다는 말이야?

힐레비는 침묵을 지켰다.

나는 힐레비에게 전화를 할 때마다 서둘러야만 했다. 도대체 이유가 뭘까? 내겐 힐레비만큼 자주 대화를 나누는 사람도 없는데.

무슨 일이죠?

딸아이의 목소리는 햇살에 바짝 마른 나뭇가지만큼이나 메말라 있었다.

너와 얀 비다르에게 할 말이 있어.

할 말이 있다고요?

응.

그렇다면 한번 해보세요.

지금은 안 돼.

아버지, 할 말이 있다고 하셨잖아요. 얼른 해보시라고요.

집으로 한번 오렴. 너희들이 자랐던 이 집으로.

글쎄요…….

힐레비가 주저했다.

아버지, 시간 내기가 어려울 것 같아요.

그래도 와. 아주 중요한 일이다. 바로 집으로 오렴.

그러고는 전화를 끊었다.

나는 힐레비에게 일주일에 한 번씩 전화를 했다. 이유는 나도 알 수 없다.

「 + 」

**당신 같은 아버지 밑에서 자라는 삶이 어떤 것이었는지 아시나요?**

뭐라고?

그게 얼마나 힘든 일인지, 얼마나 아픈 일인지 아시냐고요. 나는 어머니가 어떻게 아버지와 평생을 함께 살아왔는지 이해할 수가 없어요. 내가 아는 어머니는 이 마을에서 가장 이성적인 사람인데도……. 아버지는 아시나요? 우리의 삶이 어땠는지? 내가 아버지 때문에 얼마나 자주 정신과 치료를 받으러 다녀야 했는지, 아버지가 내게 무슨 짓을 했는지 아시냐고요. 아버지 때문에 제가 얼마나 많은 인간관계를 포기해야만 했는지 알아요? 아버지의 딸로 살면서 제가 얼마나 많은 상처를 받았는지는 아세요? 아버지를 만나려고 집으로 갈 생각만 하면 가슴이 답답하고 숨을 쉴 수 없을 것만 같아요. 그것도 모르시죠? 아버지가 얼마나 막무가내인지 알아요? 당신 같은 아버지 밑에서 자라는 것이 얼마나 힘들고 아픈 일인지 아세요? 어머니가 실종되었을 때 우리의 삶도 함께 무너졌다는 건 알고 계시나요? 무슨 일이 있었는지 답을 찾을 수 없다는 게 얼마나 고통스러운 일인지는 아시나요?

나는 그 말을 수천 번도 더 들었다.

이제 다 했니?

나는 이렇게 말하고는 했다.

다른 할 말은 없니?

또 물었다.

진정해라. 네 문제를 다른 사람의 탓으로 돌리는 일은 이제 그만둬. 그런 건 내가 너에게 가르쳐주지 않았어.

힐레비는 잉에보르그가 없는 내 삶이 얼마나 비참하고 고통스러웠는지 정말 모르는 걸까.

「 +  」

**악성종양이 자라고 있다.**

배 속에.

검은 사냥개가 나를 덮친 것이다.

이제 내가 더 할 수 있는 일은 없다.

┌ ┐
+
└ ┘

**누군가 침실에 있다는 느낌에 잠을 깼다**. 아침이 아니라는 건 몇 초가 지나서야 깨달았다. 평소처럼 여덟 시간을 푹 자지 못했다는 생각이 머릿속을 스쳤다. 한밤중이었다. 침실은 한기로 서늘했다. 2월이었다. 며칠 전의 내 모습을 닮은 술 취한 달이 창밖을 내다보는 여인의 머리 위로 빛을 드리웠다.

잉에보르그. 그녀는 벌거벗은 몸으로 내게 등을 돌린 채 서 있었다.

온몸에 전율이 흘렀다.

머리끝부터 발끝까지 곤두서기까지는 그리 오랜 시간이 걸리지 않았다. 입에는 침이 고였고 목에는 가래가 끓었으며 숨이 가빠졌다. 나는 이불을 밀치고 침대에서 내려왔다. 깊이

잠들기는 했지만, 잠자리에 든 지 두어 시간 만에 깼기에 몸이 평소와는 달리 반응했을 수도 있었다. 그때 내가 본 것은 이 세상에서 가장 아름다웠다. 나의 아름다운 아내, 실오라기 하나 걸치지 않은 나의 아내, 달빛을 머금은 그녀의 백옥 같은 피부. 끓어오르는 정욕을 억제하기 힘들어 온몸이 아프기까지 했다.

그녀도 알고 있었으리라. 168센티미터의 키, 쭉 뻗은 종아리와 풍성한 허벅지, 유연한 곡선을 그리는 둔부와 가느다란 허리. 그녀의 가슴은 볼 수 없었지만 나는 충분히 머릿속으로 그려낼 수 있었다. 그녀는 분명 내가 무슨 생각을 하고 있는지 알고 있었을 것이다. 달빛 아래 가만히 서서 기다리기만 한다면, 내가 결국은 잠에서 깨어날 것이고 온몸을 달구어오는 정욕을 이기지 못해 그녀에게 다가가리란 것을. 잉에보르그는 알고 있었다. 다락에 자리한 서늘한 침실에서 창문 너머의 쓸쓸한 서쪽 들판과 어둠 속에 우뚝 솟은 남쪽 산등성이를 바라보노라면, 결국은 내가 성큼성큼 다가와 그녀를 탐할 것이라는 사실을.

몸을 숙여봐.

이제 당신은 내 거야.

그 상황에서 할 수 있는 말이 있을까? 사랑하는 여인이 그날 밤처럼 눈앞에 서 있을 때, 남자의 몸에 일어나는 일은 말로 설명할 수 없다. 나는 걷잡을 수 없을 만큼 단단해졌고, 내 숨결은 통제할 수 없을 만큼 거칠어졌다. 다른 생각은 아무것도 할 수 없었다.

나는 그녀의 바로 뒤에서 걸음을 멈추고, 그녀의 어깨에 손을 얹었다.

그녀는 입술 사이로 새어 나오는 신음 소리를 숨기려 하지 않았다. 내게 응답이라도 하듯 어깨를 살짝 추어올리고 상체를 앞으로 깊숙이 숙였다. 아니, 내가 그녀를 살짝 밀었던가. 그녀가 고개를 숙이자 은은한 달빛이 그녀의 등을 비추어 내렸다. 긴 달빛이 더욱 강렬해지는가 싶더니, 그녀가 뒤로 물러서며 두 다리를 벌렸다.

톨락, 내게 들어오세요. 나의 남편.

[ + ]

**우리는 부부로 살며 자주 사랑을 나누었다**. 잉에보르그와 나. 그녀가 나를 떠난 이후 살아왔던 차갑고 냉랭한 삶, 현재의 텅 빈 삶 속에서 새로운 시간이 내 목을 조여올 때도 내가 견뎌낼 수 있었던 것은 바로 그런 기억들 덕분이다.

그 밤의 기억을 아이들에게 말할 수는 없다. 그녀와 사랑을 나누었던 그 밤, 그녀의 몸은 예술 작품과도 같았고 내 몸은 자연이 되었던 그 밤의 기억들.

하지만 아이들도 알고 있었을 것이다.

부모가 하는 일을.

내가 달빛 아래 그들의 어머니를 뒤에서 탐했다는 것을.

그녀가 바닥에 무릎을 꿇고 나를 입술로 감쌌던 것을.

이렇게, 톨락, 난 당신을 내 입속에 넣을 때가 가장 좋아요.

사람들은 이런 이야기를 대놓고 하지 않는다. 내게는 어쨌거나 상관없는 일이다.

유리장식장을 열었다. 뚜껑을 열고 한 잔을 마셨다. 딱 한 잔. 오늘 저녁엔 술을 더 마시지 않을 것이다. 술을 마셔서 좋을 것은 하나도 없다. 곧 아이들이 올 것이다.

몇 시나 되었을까? 8시.

나는 유리장식장 앞에 우두커니 서 있었다.

이미 술을 한 잔 마신 후였다.

창밖에는 칠흑 같은 어둠이 찾아들었다.

아이들은 언제 올까?

예정대로라면 벌써 도착했어야 하는데.

이제 그들은 곧 모든 것을 알게 될 것이다. 때가 되었다.

┌ ┐
+
└ ┘

**내가 그녀의 삶을 앗아 갔다.**

1분밖에 걸리지 않았다.

정신없이 그녀에게 손찌검을 했다. 내동댕이치고 숨이 끊어질 때까지 주먹을 날렸다. 그리고 정적이 흘렀다.

나는 자주—매일, 매분, 매초—그날 내 안에는 다른 남자가 있었다는 생각을 한다. 잉에보르그를 때려죽인 남자.

곧 아이들이 오면 나는 지금껏 가슴속에 숨겨왔던 이 지옥 같은 비명을 마음껏 내지를 것이다.

나는 살인자가 아니다. 사랑으로 가득 찬 남자일 뿐.

오도.

# 2

## TOLLAK TIL INGEBORG

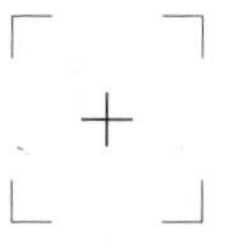

**정신없이 집 안을 배회했다.**

걸음을 옮기며 내 손을 쏘아보았다. 마치 내가 아닌 다른 남자의 손을 보는 것만 같았다. 도대체 내가 무슨 짓을 한 걸까? 나를 지배했던 건 무엇이었을까? 무슨 일이 있었던가? 거울 앞에서 발을 멈추었다. 내가 본 것은 한 쌍의 야만적인 눈동자였다. 그것은 나의 눈동자였던가? 나는 거울을 벽에서 떼어놓았다. 거울 속의 그는 사라졌다. 잉에보르그가 매일 아침 출근하기 위해 버스를 타기 전 눈길을 던졌던 거울이었다.

이제는 누군가가—바로 내가 될 것이다—그 일을 끝내야만 한다.

이런 종류의 것이 인간의 내면에 숨어 있다는 걸 들은 적이 있다. 바로 그것이 내게서 모습을 드러냈던 게 아닐까.

오도는 마치 짐승처럼 걸었다. 그는 나를 쳐다보며 무슨 말인가를 하려는 듯 입을 열었지만, 내가 주먹을 휘두르자 어디론가 도망치듯 사라졌다.

나는 두 팔로 그녀를 안아 들고 마당을 가로질렀다. 팔이 끊어질 것만 같았다. 평생 이처럼 무거운 것을 옮겨본 적이 없다는 생각이 떠올랐다. 발로 외양간의 문을 밀어 열고, 잉에보르그를 낡은 담요 위에 눕혔다. 그녀의 몸이 바닥으로 풀썩 떨어졌다. 입가에는 아픈 미소가 옅게 드리워 있었다. 알아볼 수 없을 정도로 낯선 모습이었다. 나는 터져 나오는 울음을 애써 참으며 그녀의 몸을 담요로 둘둘 감았다. 두 다리가 덜덜 떨렸다. 마치 활활 타오르는 불꽃 위에 서 있는 것 같았다.

잉에보르그는 첫날 하루 종일 외양간에 누워 있었다. 오도는 좋아하지 않았다. 외양간은 그만의 장소였기에 그가 참을 수 없어 하는 것도 이해할 수 있었다. 오도는 소리를 질렀다. 한 번도 들어본 적이 없는 비명을 목이 터져라 내뱉었다. 나는 오도가 소리를 지를 때마다 칼에 찔리는 듯한 아픔을 느낀다.

다음 날 저녁, 나는 잉에보르그를 낡은 시트로앵 자동차로 옮겼다. 그 프랑스산 자동차는 이미 수년 전에 폐차되었어야 했다. 나는 시트로앵을 목재소 옆 오솔길의 구석진 곳에 세워 놓았다. 트렁크에 잉에보르그를 눕혔다. 그녀를 위해 그보다 더 나은 자리를 생각할 수 없었다. 마지막으로 아내를 보기 위해 담요를 걷어냈다. 그리고 내가 살아왔던 삶을 저주하며 울기 시작했다. 문득, 그녀를 그렇게 놓아둘 수는 없다는 생각이 들었다. 너무나 흉측했다. 정신이 아득해졌다. 무언가를 해야만 했다. 나를 진정시킬 수 있는 일을. 나는 다시 집으로 갔다. 침실에 가서 그녀의 서랍장을 열었다. 그녀가 할머니로부터 물려받은 하얀 자수 식탁보가 눈에 띄었다. 나는 식탁보를 잉에보르그의 얼굴에 덮어주었다.

그즈음의 기억은 흐릿할 뿐이다.

잠을 잔 것 같지도 않고, 음식을 먹거나 뭔가를 마신 것 같지도 않았다. 나는 그저 그 자리에 있었을 뿐이었다. 아픔에 몸을 맡긴 채. 때때로 무슨 일이 있었는지 내게 자문해보곤 했다. 왜 내가 이 세상에 존재하는지. 아픈 기억을 떨쳐내기 위해 눈을 비볐다. 끝 모를 어둠 속에서 며칠을 헤맨 후, 나는 아이들에게 전화를 걸었다. 몇 번이나 했던가. 오슬로에 사는 힐레비. 그리고 시내에 사는 얀 비다르에게.

어머니와 관련된 일이야.

어머니요?

그래, 네 어머니 말이다.

어머니에게 무슨 일이라도 생겼나요?

네 어머니가 사라졌다.

사라졌다고요? 그게 무슨 뜻이에요? 사라졌다니요?

그해 9월은 유난히도 화창한 날이 계속되었다.

지난 금요일에 산책을 한다며 나갔어. 네 어머니 말이다.

산책이라고요?

그래. 산책을 한다며 숲으로 갔어. 네 어머니가 산열매라면 환장하는 거 알잖아.

수화기 건너편에서 침묵이 흘렀다.

잠시 바람을 쐬고 싶다고 했어.

나는 한마디를 덧붙였다.

할아버지의 산장에서 하룻밤 자고 올지도 모른다고 했지. 올해는 유난히 날씨가 좋았잖아. 너희들도 알잖아, 네 어머니가 햇살이 좋은 날이면 몸이 들썩들썩하는 걸.

그래서요?

그 후로 아직 집에 오지 않았어. 여기저기 가봤지만 어디서도 찾을 수가 없었다.

아이들은 내 말을 믿으려 하지 않았다. 힐레비는 울음을 터뜨렸고, 얀 비다르는 아무 말도 하지 않았다. 아이들은 아무것도 이해하지 못했다. 힐레비는 어머니가 항상 활기 넘치는 사람이라고 말했고, 얀 비다르는 평소의 어머니 같지 않다고 했다. 나는 고개를 끄덕였다. 아이들의 말에 동의할 수밖에 없었다.

나는 그저 '그래, 그렇지'라는 말만 되풀이했다.

그들은 당장 집으로 오겠다고 했다. 조치를 취해야 한다고.

그래, 그렇게 해야겠지.

나는 경찰서에 실종신고를 했다.

오도는 이러한 날들 동안 꼼짝도 하지 않았다. 숨마저 쉬지 않는 것 같았다. 그에게 비밀을 지켜야 한다고 말할 필요도 없었다. 단지 그의 얼굴 앞에 주먹을 휘두르기만 하면 되는 일이었으니까.

다음 날 아침 경찰이 왔다. 보르 마그노르는 무겁게 숨을 몰아쉬고 있었다. 그는 자신의 아버지와 마찬가지로 덩치가 꽤나 컸다. 나는 그의 몸속에 충분한 공간이 없을지도 모른다고 생각했다. 숨을 쉬는 코는 물론, 침을 삼키는 목도 비좁기 짝이 없을 것이라고. 그의 목소리는 너무나 작아서 그가 무슨 말을 하는지 잘 알아들을 수가 없었다. 나는 항상 그에게 호감을 가지고 있었다. 특별히 그를 싫어할 이유도 없었다. 하지만 그는 경찰인 데다, 술과 관련된 나의 과거를 샅샅이 알고 있는 이상, 필요 이상으로 그에게 가까이 다가가지 않는 것이 좋다고 생각했다. 나는 보르 마그노르도 나를 싫어하지 않는다고 확신했다. 그 또한 시내에서 온 졸부들이 이곳을 망쳐놓았다고 생각하는 사람이었다. 그는 세상의 어떤 일들은 가끔 스스로 해결되는 것도 괜찮다고 믿는 사람이다. 바로 그 때문에 나와 나의 과거를 알고 있으면서도 입을 다물고 있는 것이 아닐까.

실종되었다고요?

그가 경찰차에 몸을 기댄 채 숨을 들이쉬었다. 산더미처럼 거대한 그의 가슴이 불쑥 솟아올랐다.

네, 그렇습니다.

양팔을 옆으로 쭉 펼치며 대답했다.

나는 그녀가 지난 금요일 집에서 나가 아직 돌아오지 않았다고 말했다.

보르 마그노르는 경찰모를 벗어 들고 무겁게 한숨을 쉬며 머리를 긁적였다.

그렇군요. 숲에는 이미 가보셨으리라 짐작하는데, 맞습니까?

당연하죠.

물론 그렇겠죠. 톨락, 며칠 더 기다려보는 건 어떨까요? 곧 돌아올 거예요.

네.

휴대폰은 가져갔습니까?

우린 그런 것을 가지고 있지 않습니다.

당신 아버지의 오두막에 간 흔적은 없었나요?

그런 흔적은 찾지 못했습니다.

혹시 최근에 조금 낯선 행동을 했다거나, 평소와 다른 낌새를 보이지는 않았습니까?

그래야 할 이유라도 있습니까?

특별한 이유는 없습니다. 이런 사건이 생기면 일반적으로 하는 질문이죠.

그렇군요.

흠…… 상황이 좀 심각한 것 같은데…….

네.

보르 마그노르가 고개를 치켜들고 하늘을 바라보았다. 화창한 9월의 하늘 아래 여름 공기의 끝자락이 여기저기 자리하고 있었다.

아이들과는 이야기해보셨습니까?

그가 한참 후에 말문을 열었다.

네, 둘 다 오늘 집에 오기로 했습니다.

그들과도 이야기를 해봐야 할 것 같습니다.

그러세요.

보르 마그노르가 고개를 끄덕였다.

참 좋은 사람이죠. 싫어하는 사람이 한 명도 없을 정도로.

네.

모두가 좋아하는 사람이잖아요.

나도 알아요. 내 아내니까.

그건 그렇고, 직장 동료들과는 이야기를 해보았나요? 병원 사람들 말이에요.

네. 이야기를 해봤지만 아는 게 없더군요.

부모님은요?

마찬가지였습니다.

보르 마그노르는 천천히 마당을 걸었다. 서쪽 들판과 남쪽 산등성이, 목재소와 폐차장 근처를 차례차례 눈으로 훑었다.

상황이 심각한 것 같아요.

네.

그가 발을 멈추고 외양간을 손으로 가리켰다.

오도는 지금 저기 있습니까?

보르 마그노르가 이맛살을 찌푸리며 물었다.

오도는 지금 폭포수 근처에 있을 겁니다.

오도는 뭐라고 하던가요?

잘 아시다시피 오도는 말을 거의 하지 않아요.

보르 마그노르가 고개를 끄덕였다.

잉에보르그가 오도에게 매우 잘해주었다고 하던데요?

네, 그렇습니다.

당신들이 오도를 맡아 키운 것은 정말 칭찬받아 마땅한 일입니다.

우리는 최선을 다했을 뿐이죠.

경찰은 골짜기 아래의 폭포수 쪽으로 고개를 돌렸다.

오도와 이야기를 한번 해봐야겠습니다.

그리세요.

보르 마그노르는 내 어깨를 한번 툭 치며 말을 이었다.

너무 걱정 마세요. 꼭 돌아올 겁니다.

네.

대부분의 경우 실종자는 며칠 후에 다시 돌아오곤 하죠.

그가 경찰차 쪽으로 발을 옮기더니 문을 연 후 내게 몸을 돌렸다.

톨락 씨, 대화를 나눌 사람이 필요해 보이는데…… 괜찮습니까? 이 상황을 혼자 이겨낼 수 있겠습니까?

괜찮습니다.

그가 운전석에 앉아 시동을 걸었고, 잠시 후 자동차의 매연과 함께 모퉁이를 돌아 사라졌다. 동시에 나는 힘없이 땅에 주저앉았다.

그리고 이상한 나날이 뒤를 이었다.

아이들이 집에 왔다. 아이들은 각자 예전에 쓰던 방에 짐을 풀고 집 안팎을 둘러보았다. 가끔 오도와 함께 대화를 나누기도 했지만, 오도를 낯선 사람처럼 대했다. 소문은 산골짜기 마을과 시내에도 퍼졌다. 사람들은 삼삼오오 짝을 지어 갑자기 자취를 감춘 잉에보르그를 찾아 나섰다. 그들은 가게와 교회 건물, 스키 센터와 낚시터에 사람을 찾는 전단지를 붙였다. 나는 별안간 이 상황에 휘말렸고 내가 원하든 원하지 않든 받아들여야만 했다. 어쩐지 예전에 비해 아내와 훨씬 더 가까워진 것 같기도 했다. 나는 그녀가 산책했으리라 짐작되는 길과 우리가 자주 거닐던 숲길을 그들에게 설명해주었다. 그녀가 무엇을 가지고 나갔는지, 무슨 옷을 입었는지도 말해주었다. 진회색의 등산복 바지, 갈색 등산화, 하늘색 재킷. 나는 그 옷들을 시트로앵의 트렁크 속 담요 옆에 놓아두었다. 거기 누워 있는 사람이 그녀인 것 같기도 했고, 그녀가 아닌 것 같기도 했다. 그녀가 정말 숲길을 산책하다 길을 잃어버린 것 같았다. 나의 거짓말은 점점 진실이 되어가고 있었다.

사람들이 끊임없이 찾아왔다. 모두들 도움을 주고 싶어 했고, 밖으로 나가 그녀를 찾고 싶어 했다. 골짜기 마을에 사는 이웃들, 시내에 사는 지인들. 아이들의 친구들, 잉에보르그의 직장 동료들. 잘 아는 사람, 잘 모르는 사람, 심지어는 시내의 가구 목재상 직원들과 그간 내게서 좋은 소리를 한마디도 듣지 못했던 사람들까지 눈을 둥그렇게 뜨고 걱정스런 표정을 지었다. 마을 여인들은 음식을 가져다주었고, 사람들은 갖가지 일을 도와주겠다며 제안해왔다. 그들은 잉에보르그가 얼마나 좋은 사람이었는지, 얼마나 밝고 선한 사람이었는지 말하며 내 어깨를 토닥여주기도 했다. 톨락 씨, 너무 상심 마세요. 다 잘될 거예요.

참으로 이상한 시간이었다.

우리는 거의 매일 숲으로 갔다.

나는 옅은 미소를 지으며 고개를 푹 숙인 채 걸었다. 발을 옮기면서도 사람들에게 연신 고맙다는 말을 건넸다. 어느덧 그런 일상이 너무나 자연스럽게 느껴지기 시작했고, 아내의 실종은 나와 상관없는 일이라는 생각마저 들었다. 나는 연극을 했다. 경찰에게 했던 말을 내게도 똑같이 했다.

그녀는 사라졌다.

하루가 지나고, 한 주, 두 주가 지나갔다.

사람들의 열성도 조금씩 사그라졌다. 잉에보르그를 찾아 나서는 이들의 수도 줄어들었고, 숲으로 가는 일도 점점 뜸해졌다. 시끌벅적하던 집 주변도 어느새 조용해지고, 아이들은 각자의 보금자리로 되돌아갔다. 그때를 떠올리면 사그라드는 빛, 떨어지는 낙엽을 보는 듯한 기분이 든다.

모두가 떠나고 정적이 내려앉았을 때, 오도와 나는 서쪽 들판에 잉에보르그를 묻었다.

[ + ]

**우리는 그곳을 항상 쓰레기터로 사용해왔다.**

아버지는 무엇이든 땅에 파묻는 것이 가장 좋다고 내게 가르쳐주었다. 그는 요나스를 비롯한 마을 사람들이 시냇물에 쓰레기를 버리는 걸 못마땅해했다. 아버지는 여러 해 동안 요나스 베케헤이와 말다툼을 했다. 시냇물 주변의 땅을 소유한 큰 부자였지만 말할 수 없을 정도로 구두쇠인 그는 시냇가에서 낚시하는 사람을 발견하면 즉시 달려가 이름과 전화번호를 적어 경찰에 신고했다. 아버지는 그가 소유하지 않은 것은 없다고 말했다. 그가 가진 돈이라면 앞으로 500년 동안 바하마에서 잘 먹고 잘살 수 있을 거라고. 동시에, 아버지는 이 세상에서 요나스만큼 지독한 구두쇠는 못 봤다고 말했다. 베케

헤이 가족은 그들 소유의 시냇물 상류에 쓰레기를 버렸다.

있을 수 없는 일이야. 그런 식으로 마을 사람들이 마시는 물을 오염시키다니. 자연에 대한 존중심이라고는 전혀 없는 사람들이야!

아버지는 자주 이렇게 말하곤 했다.

아버지는 쓰레기를 땅에 묻었다. 어떤 이들은 쓰레기를 모아 바다에 버리기도 했다. 고장 난 기계와 갖가지 장비들, 구멍 난 타이어들, 소각할 수 없는 모든 것들을.

낡은 녹색 시트로앵은 지난 수년 동안 길가에 세워진 채 폐차를 기다리고 있었다. 팔아도 동전 한 닢 받을 수 없었기 때문이다. 그 차는 잉에보르그와 떼려야 뗄 수 없는 물건이었기에, 함께 땅에 묻어도 될 것 같았다.

일은 생각대로 진행되었다.

집 안에 정적이 찾아든 후, 아이들이 각자의 집으로 돌아간 후, 마을 사람들이 돌아가고 슬픔의 눈물이 옅어진 후, 나는 오도를 찾아 외양간으로 발을 옮겼다. 9월은 10월이 되었다. 공기 중에는 가을이 짙게 어려 있었다.

오도.

그가 의아한 표정을 지으며 나를 쳐다보았다.

잉에보르그를 땅에 묻어야 해.

그가 자신의 손을 내려다보았다. 나는 아직도 그 순간을 기억한다. 마치 그 일을 한 사람이 내가 아니라 자신인 것처럼. 그때 오도는 무슨 생각을 했을까. 왜 잉에보르그가 죽었는지,

무엇이 이 세상에서 잉에보르그를 사라지게 했는지 궁금했을까? 알 수 없는 일이다. 그는 단 한 번도 질문하지 않았고, 나 또한 아무 말도 하지 않았으니까.

우리는 그날 저녁 바로 일을 시작했다.

길 위쪽에서는 서쪽 들판을 볼 수 없었다. 우리 집을 찾는 사람들도 없었다. 나는 그날 저녁 아무도 찾아오지 않으리라 짐작하고 팔소매를 걷어붙였다. 오도에게는 망을 보다가 누가 오면 바로 내게 알리라고 했다. 나는 픽업트럭을 가져와 들판 가장자리에 세워놓고 헤드라이트 불빛으로 땅을 팔 곳을 비추었다. 불도저를 불빛 속으로 몰았다. 그리고 그곳에 커다란 구덩이를 팠다. 엄청나게 깊은 구덩이를. 나는 불도저 위에 앉아 거대한 삽이 흙을 파먹는 모습을 지켜보았다. 오도는 픽업트럭 옆에 서서 망을 보았다. 우리는 그렇게 잉에보르그의 무덤을 마련했다.

구덩이 파는 일을 마친 후 나는 시트로앵이 미끄러져 내려갈 수 있도록 구덩이의 가장자리를 비스듬하게 깎았다. 불도저를 이용해 시트로앵을 끌어와 구덩이 앞에 세워놓았다. 픽업트럭의 헤드라이트 불빛으로 바라본 그 정경은 장엄하기까지 했다. 절망과 슬픔에 빠져 '나는 지금 여기에 없어, 나는 지금 여기에 없어' 하고 수없이 되뇌던 나는 그 정경을 통해 조금이나마 마음의 안정을 찾을 수 있었다.

헤드라이트를 끄자 서쪽 들판에 어둠이 깔렸다.

오도는 잉에보르그와 함께 묻을 그녀의 물건들을 찾아왔다. 책 한 권, 그녀가 항상 사용하던 팔찌 하나, 회색 슬리퍼, 머리 고무줄, 늘 침대 옆 탁자에 놓아두던 작고 노란 메모지. 그는 이것들을 핸드백 속에 넣어 그녀와 함께 묻으려 했다. 나는 오도와 함께 시트로앵의 트렁크 문을 열었다. 악취가 코를 찔렀다. 우리는 어둠 속에서 숨을 멈추었다. 잠시 후, 오도가 잉에보르그의 핸드백을 시체 옆에 내려놓았다. 지금 생각하니 기괴하기 짝이 없는 일이었지만, 그 당시에는 아름다운 순간처럼 여겨졌던 것이 사실이다.

함께해서 좋았어. 고마워.

오도가 말했다.

어쩐 일인지 그는 그날 저녁 꽤 안정적이었다. 나는 그가 소리를 지르고 사방팔방에 주먹질을 할 줄로만 알았다. 하지만 그의 숨소리는 조용하고 규칙적이었다.

일을 끝내자 오도가 말했다.

잉에보르그가 여기 누워 있는 게 싫어.

나는 침을 꿀꺽 삼켰다. 금방이라도 눈앞에 파놓은 구덩이에 내 몸을 던지고 싶었다. 하지만 정신을 가다듬고 침착하게 되물었다.

그래? 알았어, 오도. 너는 잉에보르그가 어디에 있으면 좋을 것 같니?

그가 시트로앵의 조수석을 가리켰다. 내게는 더 남아 있는 힘이 없었지만, 아무래도 좋았다. 우리는 조수석의 문을 열고 그녀를 좌석에 내려놓았다.

자동차 문을 닫았다. 그녀를 위해 마지막으로 닫아준 문이었다. 그날 저녁 동안에 가장 가슴 아픈 순간이었다. 나는 불도저에 올라타 거대한 삽을 시트로앵 밑으로 밀어 넣은 후 차를 구덩이 속으로 던져 넣었다.

흙을 덮었다.

다음 날 오도는 미친 듯이 소리를 질러댔다.

서쪽 들판의 가장자리는 해를 거듭하며 다시 예전의 모습을 되찾았다. 그리고 지금 그곳에는 블루베리 덤불이 자라고 있다.

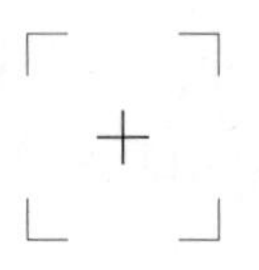

**그날 저녁의 일은 서서히 잊혀져갔다.**

서쪽 들판의 커다란 구덩이도, 시트로앵도. 마을 사람들이 눈치를 챈 것 같지도 않았다. 만약 그렇다 할지라도 문제가 될 리는 없었다. 사람들은 사용하지 않는 물건들과 쓰레기를 곧잘 땅에 묻곤 하니까. 경찰도 여기에 관해선 한마디도 하지 않았다. 나는 그 후로도 몇 번 경찰서에 가서 조사를 받았다. 하지만 그것은 일종의 관례였기에 크게 신경 쓰지 않았다. 나는 내가 믿고 있는 대로 이야기할 뿐이었다.

저는 잘 모릅니다, 보르 마그노르 씨.

나는 어깨를 으쓱 추어올렸고, 그도 어깨를 으쓱했다. 그것이 전부였다.

나를 미심쩍은 눈으로 바라보았던 자는 단 한 사람, 크니펜에 사는 오세뿐이었다. 몇 달 후 나는 마을 가게에서 오세와 마주쳤다.

시트로앵을 땅에 묻었지?

음…….

그녀가 고개를 끄덕였다. 나는 그녀의 얼굴을 찬찬히 살펴보았다. 예전에 비해 달라진 점이 있다면 세월을 머금은 주름살뿐, 내가 알고 있던 여인이 틀림없었다. 그녀와 나는 무슨 일이 있었는지 둘 다 잘 알고 있었다. 구덩이가 있던 자리는 이제 잘 분간할 수가 없다. 눈으로 볼 수 있는 것들은 이미 사라진 후였다.

언젠가 그 근처를 지나간 적이 있어.

그녀가 말했다.

그렇군.

꽤 보기 좋은 자동차였는데 말이야.

그랬지.

그녀가 얼른 돌아왔으면 좋겠어. 당신은 그녀 없이 혼자서는 살 수 없는 사람이니까.

나는 아무 말도 하지 않았다.

오세는 한 손을 들어 내 뺨을 어루만졌다.

전에도 그녀는 내 뺨을 어루만진 적이 있었다. 딱 한 번.

톨락…….

톨락, 톨락. 하지만, 내 귓전을 스치는 이름은 다른 이름이었다. 오도, 오도. 그녀를 때려눕히고 가게의 진열대를 부수고 마구 발길질을 하고 싶었다. 내 눈앞에서 내 아내와 오도를 걱정하는 척하다니! 가증스러운 여인 같으니라고! 당신 아들이 우리 집에서 자라는 동안 당신은 단 한 번도 찾아온 적이 없었어!

물론 나는 그런 짓을 하지 않았다. 아니, 오히려 더 이상한 짓을 했다. 한 손을 들어 그녀의 뺨을 어루만져주었던 것이다. 예전에 딱 한 번 그랬던 것처럼.

그녀가 잠시 딴생각을 했던 건 아닐까.

내가 손을 내리자 그녀가 말했다.

딴생각을 하다니?

아마 그럴걸.

무슨 뜻이지?

톨락, 그녀는 다시 돌아올 거야.

그러길 바라야지.

지금 돌이켜보면 이상하기 그지없는 일이었다. 수년 전 잉에보르그와 함께 그녀의 집에서 오도를 데려온 이후, 나는 그녀와 그토록 오래 대화를 나누어본 적이 없었다. 우리는 작별인사를 나누었다. 나는 그녀가 계산대 앞으로 가서 물건값을 지불하는 것을 보았다. 냉동 대구, 양파, 감자, 당근, 채소, 버터, 우유.

그녀가 어떻게 자신의 아들을 포기할 수 있었는지 이해할 수 없었다.

어떤 사람들은 그녀가 정상이 아니라고 말하기도 했다. 심리적으로 불안하다고 했던가. 그녀가 신경안정제를 복용한다고, 오도가 그렇게 된 것도 이상한 일이 아니라고 말하는 사람도 있었다.

그들은 내가 더는 젊은 패기에 휘둘리지 않는다는 사실에 감사해야 할 것이다. 만약 내가 조금만 더 젊었더라면 그런 말을 하는 사람들을 당장 때려눕혔을 테니까.

오도와 나는 서쪽 들판에 함께 서 있었다.

가끔은 흙무더기가 저절로 움직이는 듯한 착시현상을 경험하기도 했다. 하지만 그건 단지 나만의 느낌이라는 것도 잘 알고 있었다. 아내를 향한 나의 크나큰 사랑 때문이리라.

그 일로 인한 재판이나 형사소송은 없었다.

마을 교회에서 진행된 잉에보르그의 장례식에는 그녀의 가족들이 모두 참석했다. 위트레네세트 출신의 나이 많은 군발은 퉁퉁 부은 눈으로 나를 쏘아보았다. 잉에보르그의 어머니는 나를 보며 고개를 절레절레 저었다. 장례식에는 잉에보르그를 찾아 나섰던 모든 마을 사람들, 병원에서 일하던 그녀의 직장 동료들, 내가 한 번도 보지 못했던 사람들이 찾아들었다. 그녀의 친구들은 장례식 내내 눈물을 흘렸고, 힐레비는 슬픔에 못 이겨 홀로 서지도 못했으며, 오도는 멍하니 앉아 교회 벽을 뚫어버리기라도 할 듯 앞을 쏘아보았다. 나는 장례식을 찾은 사람들과 일일이 악수를 했다. 손이 얼얼했다.

그녀의 얼굴이 신문의 일면을 장식했다. 얀 비다르가 신문사에 건네준 사진이었다. 평소와 마찬가지로 고개를 비스듬히 돌린 그녀의 모습은 살아 있을 때와 다름없이 아름답기 그지없었다. 나만의 그녀. 그 아름다운 사진은 텔레비전에도 나왔다. 어느 날 한 기자가 내게 전화를 했다. 그는 우리 집에 찾아왔고, 며칠 후 기사가 났다. 그의 기사 속에서 나는 아내를 떠나보내고 홀로 남은 남자로 묘사되었다.

사람들은 쉬쉬하며 이런저런 말을 했다. 그들은 나와 오도를 이상한 눈빛으로 흘낏흘낏 쳐다보곤 했다. 하지만 그것도 세월과 함께 사라져버리고 마을에는 이내 정적이 찾아들었다. 아이들은 오슬로와 시내에서 잘 지내고 있었다. 시간이 또 흘렀다. 잉에보르그가 나를 떠난 후 몇 주 동안 내 주변에 머물던 공기, 조용하고도 아름답기까지 했던 그 이상한 공기도 사라졌다. 동정과 연민이 담긴 마을 사람들의 부드러운 눈빛, 마치 다른 사람인 양 행세했던 한 남자의 일상도 자취를 감추었다. 나는 원래의 내 모습을 되찾았다. 많은 이들이 산 채로 살갗을 벗겨내고 싶어 했던 남자, 산 채로 불속에 던져버리고 싶어 했던 남자, 집 앞 들판이 황폐해져도 손질을 하지 않던 남자로 되돌아왔던 것이다. 물론 내가 황폐한 들판을 그대로 놔두었던 데는 명백한 이유가 있었다. 마을 사람들의 사랑을 받았던 아내, 항상 주변 사람들을 위하고 밝고 선한 기운을 발하던 아내가 바로 그곳에 묻혀 있기 때문이었다. 사람들은 그녀가 왜 나와 결혼했는지 이해하지 못했다. 그 때문에 사람들은 나를 이렇게 부르곤 했다.

잉에보르그의 남자, 톨락.

# 3

# TOLLAK TIL INGEBORG

[ + ]

**한 잔만 더 마셔볼까. 딱 한 잔만.**

여길 봐.

이 비틀거리는 세상이 바로 내가 사는 세상이라고.

만약 잉에보르그가 이런 내 모습을 보았더라면. 만약 그녀가 지금의 집 안 꼴을 보았더라면.

부엌 싱크대 아래 양동이에서 악취가 새어 나왔다. 금이 간 수도관에서 흘러내리는 물을 받으려 놓아둔 양동이였다. 음식 찌꺼기가 묻은 접시와 포크, 유리컵으로 꽉 찬 싱크대는 빈자리를 찾을 수 없었다. 실내화는 집 밖에서 신는 신발이라 해도 믿을 정도로 더러웠다. 집 안 곳곳에 자리한 먼지는 한데 뭉쳐 한 겹의 거뭇거뭇한 때로 변했다. 유리창은 모두 금이 가서 성한 유리를 찾아볼 수 없었다. 지저분한 창틀, 축축한 커튼. 심지어는 커튼이 없는 창도 있었다. 나는 몇 달 전 커튼봉에서 떨어져 휘날리던 커튼 하나를 손으로 확 낚아챘다. 지금 거기에는 깨진 유리창만 덩그러니 남아 자리를 지키고 있다. 잉에보르그의 카펫은 끈끈하고 지저분해졌다. 수건은 때가 묻어 거무스레했고, 부엌 조리대 위에는 흘러내린 촛농이 여전히 그대로 남아 있다. 온 집 안이 지저분하기 짝이 없었다.

나는 개의치 않았다.

하지만 이 모습을 보고 그녀가 무슨 말을 할지 생각할 때마다 가슴이 답답해졌다.

안 비다르는 집 안에 발을 들이자마자 고개를 저었다. 몇 달 전의 일이다.

어휴, 아버지! 집 안 꼴이 말이 아니네요. 청소는 안 하세요?

안 한다.

아버지 옷도 한번 보세요. 가게에 갈 때도 그 옷을 입고 가시나요?

그래.

아버지, 이제 정신 좀 차리세요. 어머니가 아버지의 이런 모습을 본다면 결코 좋아하지 않을 거예요.

나는 그런 말을 하려고 여기까지 왔다면 당장 돌아가라고 호통을 쳤다.

네, 네, 알았어요. 아버지 고집은 아무도 못 말리죠.

그가 자리에 앉으며 말했다.

사진을 보여줘. 아니, 그보다 먼저 커피 한 잔을 가져다줘. 그다음에 앨범을 가져오렴. 앨범이 어디 있는지는 너도 알지? 네 어머니의 앨범 말이야.

나는 그녀가 이런 모습을 본다면 결코 좋아하지 않으리라는 것을 잘 알고 있었다.

잉에보르그, 이제는 이런 모습을 보지 않아도 돼.

이제 곧 당신의 아이들이 찾아올 거야.

오도와 이야기를 해야 한다. 오늘 저녁 이 집에서 무슨 일이 일어날지 그에게 이야기를 해주어야 한다. 하지만 꼼짝도 할 수 없다. 술병을 내려놓았다. 정신을 차려야 한다고 생각했다. 내가 균형을 잡지 못하면 아무것도 할 수 없다는 생각이 들었다.

┌ ┐
+
└ ┘

**나는 살인자가 아니다.**

나는 사랑으로 넘치는 남자다.

아이들은 어디에 있을까?

8시 30분.

벌써 저녁 8시 30분이 되었다.

유리장식장의 문을 열었다. 술을 한 잔 더 마셨다. 아이들은 이전에도 술에 취한 내 모습을 본 적이 있다. 그들은 받아들일 수밖에 없을 것이다. 내가 누구인지 잘 알고 있을 테니까. 그들이 해야 할 일은 이곳에 와서 내가 말하는 진실을 귀담아 들어주는 것뿐이다. 그리고 집으로 돌아가면 된다.

8시 30분.

이미 도착하고도 남을 시간인데 어쩐 일일까.

잉에보르그가 떠난 후 나는 거실에 손도 대지 않았다. 가구를 옮기지도 않았고, 새로운 물건을 들여오지도 않았다. 모든 것은 그녀가 살아 있을 때와 마찬가지로 제자리를 지키고 있다. 그녀가 책을 읽을 때 쓰던 안락의자도 여전히 창가에 놓여 있다.

외양간에서 불빛이 새어 나왔다.

나의 오도.

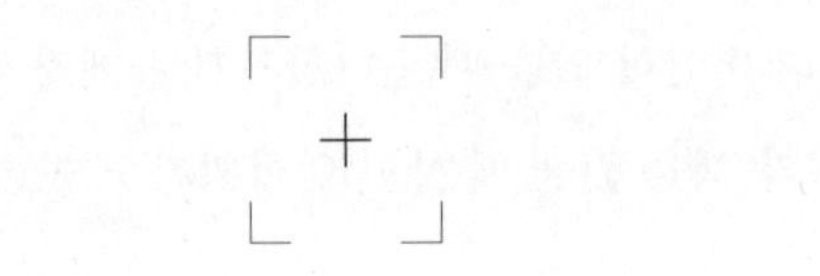

**그렇다.**

약 2년 전, 한 라디오 프로그램에서 미래의 도시는 모두 스마트 도시로 변모하게 될 것이라는 말을 들은 적이 있다. 정부의 한 얼간이 관료는 미래의 삶은 지금보다 훨씬 나아질 것이라고 말했다. 디지털화, 자동화, 방대한 양의 컴퓨터 데이터 및 센서 기술을 통해 온갖 기회를 누릴 수 있다는 것이다. 이를 통해 엄청난 이윤을 창출할 수 있을 것이라고 했다.

이윤이라고?

바로 라디오를 끄고 콘센트를 빼버렸다. 같은 날 오후, 텔레비전을 켜자 또 다른 멍청이가 인간의 감정과 정서에 관해 말하고 있었다. 나는 텔레비전과 라디오를 마당으로 가지고 나가 부수었다. 부서진 고물들을 픽업트럭에 싣고 시내로 가서 목재 도매상 출입문 앞에 던져놓았다.

집에 돌아와 신문을 읽으며 머리끝까지 취할 정도로 술을 마신 후 할게이르에게 전화를 했다. 그는 마을에서도 알아주는 얼간이였다. 새로운 패션이라며 이상한 옷을 입고 돌아다니기도 하는 이였다. 내가 운영하던 목재상에 들러 가끔 물건을 구입하던 그는 바람이 불 때마다 이리 흔들리고 저리 흔들리는 유약한 남자였다.

할게이르.

톨락? 아니, 어쩐 일로? 톨락이 내게 전화를 다 하다니!

그래, 나야.

오랜만이군.

그렇지.

그런데 무슨 일이야? 웬일로 전화를 다 했어?

앞으로는 내 목소리를 듣는 일이 더 뜸해질 거야.

아이들은 잘 있어?

아이들과는 상관없는 일이니까 지금부터 내 말을 잘 들어. 난 신문 구독을 중지할 생각이야.

아, 그래……?

내 말을 듣고 있나?

어…… 듣고 있어.

좋아.

이유를 들어볼 수 있을까?

왜냐하면 자네는 이런저런 말도 안 되는 이야기를 쓰는 얼간이이기 때문이고, 이제부터 나는 세상의 모든 것과 연을 끊기로 결심했기 때문이지.

모든 것과 연을 끊는다고?

그렇지. 난 이미 콘센트를 다 빼버렸고, 쓰레기들을 처리했어. 그리고 앞으로는 자네 신문에 어떤 기사가 실려도 읽지 않을 생각이야.

톨락, 그건 오롯이 자네의 선택이야.

할게이르가 잠시 침묵을 지킨 후 말했다.

바로 그거야. 자네는 망치로 정확하게 못을 내리친 셈이야.

무슨 뜻이지?

선택 말이야.

[ + ]

**나는 내 자신이 너무나 자랑스러웠다.** 이미 오래전부터 생각해오던 일이었다. 이제는 더 이상 온갖 세상의 오물에 섞이지 않으리라고. 이제는 더 이상 라디오를 통해 내가 혐오하는 새로운 시간에 대해 듣지 않으리라고. 이제는 더 이상 텔레비전을 통해 반쯤 벌거벗은 사람들이 여기저기 돌아다니며 잘난 척하는 꼴을 보지 않으리라고. 이제는 더 이상 신문을 통해 자신의 생각과 감정을 말하는 사람들의 이야기를 읽지 않으리라고.

그로부터 몇 주 후, 얀 비다르가 아이를 데리고 찾아왔다. 레바르. 세상의 모든 것을 두려워하는 약해빠진 아이. 얀 비다르는 현관 앞에서 머뭇거리는 아이의 등을 떠밀었다.

아버지, 텔레비전이 안 보이네요?

거실로 들어서니 아이가 텔레비전이 있던 거실 모퉁이를 멍하니 바라보며 서 있었다.

버렸어.

텔레비전을 버렸다고요?

응, 때가 되었어.

그때보다 나 자신이 더 자랑스러웠던 적이 없었다. 내 삶에 필요치 않은 쓰레기들을 직접 제거했기 때문이다.

지금도 여전히 내가 자랑스럽다.

톨락, 그건 참 야만적인 행위예요.

잉에보르그의 목소리를 들을 수 있었다.

내가 신문사에 전화를 걸던 그날 저녁에 그녀가 했을 법한 말, 내가 라디오와 텔레비전을 시내 목재 도매상 문 앞에 버렸을 때 그녀가 했을 법한, 레바르가 입을 쩍 벌리고 멍하니 거실에 서 있을 때 그녀가 했을 법한 말이었다.

참으로 야만적인 행위예요, 톨락. 당신은 세상과 연을 끊어버릴 참인가요?

그럴 거야, 잉에보르그.

이것이 내 대답이다.

왜냐하면 당신은 이제 여기 없으니까. 그리고 나는 이제 당신 없이 홀로 살아가야 하니까.

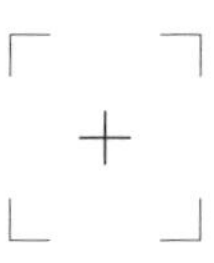

**톨락, 우리도 시내로 이사를 가면 안 되나요?**

그녀는 잊어버릴 만하면 내게 이렇게 묻고는 했다. 시간이 흐를수록 빈도는 더 잦아졌다. 그녀를 보기만 해도 언제 그런 말을 할지 눈치챌 수 있었다. 항상 같은 말이었다.

톨락, 시내로 이사를 가면 안 되나요? 이 골짜기에는 사람들이 별로 없어요. 목재소를 찾는 사람들도 점점 줄어드는 데다, 이제 10년 후면 나도 직장에서 은퇴를 해야 해요. 사랑하는 톨락, 제발 한 번만이라도 이성적으로 생각을 해보세요. 우리가 이곳에서 할 수 있는 일이 뭐가 있겠어요? 아무것도 없잖아요.

그녀는 온갖 이유를 대며 나를 설득하려 애썼다. 땅을 가꾸어 농사를 짓는 것도 아니고, 아이들도 각자 독립해서 살고 있으며, 그렇다고 내가 예전처럼 사냥을 자주 나가는 것도 아니라고 했다. 이 집을 팔지 않아도 된다고 했던가. 별장처럼 주말에만 사용하거나, 임대를 주어도 된다고.

그녀가 그런 말을 할 때마다 나는 화가 치밀어 오르는 것을 참지 못했다. 한번은 프라이팬을 집어 들고 방문에 내동댕이치기도 했다. 문에는 아직도 프라이팬 자국이 남아 있다.

[ + ]

**사 냥 ?**

나는 사냥에 별로 관심이 없는 사람이다. 값비싼 옷으로 치장한 채 사냥총을 어깨에 메고 마을 구석구석을 돌아다니는 시내의 졸부들과는 거리가 멀다. 나는 함께 무리를 지어 돌아다니며 소리를 꽥꽥 질러대거나, 자기가 뭐라도 되는 양 전망대에 앉아 쌍안경을 들고 사냥감을 찾는 그런 사람들을 결코 좋아할 수 없다.

나도 젊었을 때는 장총을 메고 홀로 돌아다니는 것을 꽤나 좋아했다. 잉에보르그가 나를 떠난 후엔 오도와 함께 사냥을 다녔다. 우리는 그럭저럭 잘 살 수 있었다.

우리는 사냥철이 아닐 때에도 사냥을 했지만 크게 문제될

건 없었다. 적어도 나는 무엇을 취해야 하고, 무엇을 자연에 남겨두어야 하는지는 알고 있었으니까. 우리는 사슴, 노루, 엘크, 뇌조, 멧닭 등을 잡았다. 가끔은 비버를 잡기도 했다. 우리가 가장 많이 사냥한 것은 산토끼였다. 오도는 산토끼를 향해 총 쏘는 걸 무척 좋아했다. 어느 해엔 무려 석 달 동안이나 스라소니를 찾아 헤매기도 했다. 스라소니가 가까이에 있다는 걸 느낌으로 알 수 있었지만 직접 눈으로 볼 수는 없었다. 다음 해에는 레우피엘산 위에서 족제비를 잡았다. 그때 나는 홀로 사냥을 했다. 몸집이 굉장히 큰 족제비였다. 녀석의 오른쪽 다리에 상처가 없었더라면 내 손에 잡히지도 않았을 것이다.

오도와 함께 야외에서 보냈던 시간은 내 삶에서 가장 아름다운 시간이라 해도 과언이 아니다. 그와 함께 산에 올라가 짐승들의 발자취나 배설물을 찾던 때, 꽤 커다란 사냥감을 찾아 총알을 명중시킨 후 그 자리에서 바로 내장을 꺼내고 살을 분리한 후 하산하던 때. 오도는 독수리처럼 날카로운 눈빛으로 하늘을 쳐다보았다.

예전에는 숲속에서 약 40여 마리의 뇌조를 발견하곤 했다. 지금은 서너 마리가 고작이다. 그것도 운이 좋은 날에만. 이 모두가 시내의 졸부들 때문이다. 그들은 돈에 눈이 먼 얼간이들이다. 음식이 남아돌아도 개의치 않고 사냥을 한 고기는 팔아서 돈으로 바꿀 뿐이다. 해가 가면 갈수록 그들의 사냥터는 점점 확장되었고, 숲속의 동물들은 하나둘 자취를 감추었다.

차라리 그들을 쏘면 안 될까?

오도가 말했다.

그래, 그들의 이마빡에 정통으로 총알을 박아 넣을 수만 있다면 얼마나 좋겠니.

얼간이들 같으니.

왜 모두들 내게서 세상을 빼앗아 가려는 걸까?

**수십 년 전, 그가 불쑥 찾아왔다.** 어느 날 마을 체육회의 알프 잉발이 팔짱을 낀 채 마당에 서 있었던 것이다.

자네 딸의 재능이 대단하네.

이미 알고 있던 사실이었기에 나는 고개만 끄덕였다.

아이가 스키를 타는 걸 보면…….

다시 고개를 끄덕였다.

그 아이처럼 스키를 타는 사람은 내 평생 처음이야. 시작점에서 고개를 숙이고 용수철처럼 튀어 나가는 모습이란……. 자네도 지난주 스키 대회에서 봤지?

응.

아이가 마지막 코스에서 어떻게 했는지도 봤나?

물론, 봤지.

그렇게 할 수 있는 사람은 극히 드물다고. 마지막 코스에서 순식간에 네 명이나 추월했잖아.

충분히 그러고도 남을 아이야.

당시 힐레비는 열두 살이었다. 어쩌면 열세 살이었는지도 모른다. 잉에보르그와 나는 힐레비 이야기를 나누었다. 스키를 타면 아이가 달라진다고. 잉에보르그는 환하게 미소를 지으며 자랑스러운 듯 고개를 저었다.

톨락, 힐레비는 나중에 어떤 사람이 될까요? 궁금하지 않아요?

글쎄, 그걸 우리가 어떻게 알겠어? 그냥 애가 하는 대로 내버려둬.

걔는 뭘 해도 잘해낼 수 있을 것 같아요.

알프 잉발은 자신의 볼보로 성큼성큼 걸어갔다. 그의 뒷모습을 지금도 기억한다. 그는 자동차 문을 열자마자 다시 나를 향해 뒤돌아섰다.

톨락, 난 단지 그 말을 하고 싶었을 뿐이야. 자네 딸 같은 아이는 흔하지 않아. 난 우리 팀에 자네 딸이 들어와서 기뻐. 자네에게도 힐레비의 재능을 알려주고 싶었어. 나중에 크게 될 아이야.

나는 중얼거리듯 고맙다고 말하며 고개를 끄덕였다.

다음 해 늦가을 무렵 첫눈이 내리던 날, 알프 잉발의 말을 기억해냈다. 나는 여느 해와 마찬가지로 스키를 꺼내 힐레비에게 건네주며 슬쩍 한마디를 던졌다.

힐레비, 그들이 지난겨울에 날 찾아와서 그러더구나. 네가 나중에 아주 크게 될 거라고.

겨울이라고요?

응. 겨울에.

지난겨울 말인가요?

그래. 알프 잉발이 우리 집까지 찾아왔어.

나는 스키를 가리키며 말을 이었다.

네가 원한다면,

힐레비가 별안간 울음을 터뜨리며 마당을 가로질러 뛰쳐나갔다. 그날 이후, 나는 아이가 스키화 신은 모습을 단 한 번도 보지 못했다.

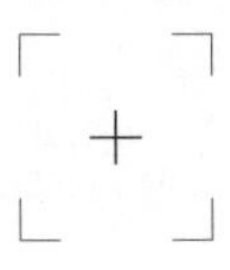

**나는 그저 살아 있을 뿐이었다.**

내가 살아 있다는 사실을 단 한 번도 특별하게 생각해본 적은 없다.

힐레비는 내 딸이고, 나는 힐레비의 아버지였다. 그게 전부였다. 나는 우리의 머리 위에 드리워진 먹구름을 보지 못했다. 그저 하루하루를 살아왔을 뿐이다. 아이가 잠자는 것을 보았고, 아이가 학교에 가는 것을 보았으며, 아이가 음식을 먹거나, 스키를 타는 것을 보았을 뿐이다.

시간이 흘러 힐레비는 열네 살이 되었다. 아이는 내게 반항하기 시작했다. 모든 것, 모든 사람들에게 반항하며 적대감을 보였다. 아이 안의 또 다른 아이가 모습을 드러낸 것 같았다.

그날 이후 모든 것이 무너져 내렸고 우리의 삶은 혼란 속에 빠졌다. 아이의 가슴속에 있던 울분을 걷어낼 수 없었다.

나는 아이의 문제가 무엇인지도 몰랐고, 그 문제를 해결할 능력도 없었다. 그 모든 일을 설명할 만한 적절한 말도 내게는 없었다.

┌ ┐
+
└ ┘

**잉에보르그는 자신의 가족과 내가 잘 지내지 못했기에 두고두고 슬퍼했다.**

그녀가 가장 싫어했던 내 모습도 바로 그것이었으리라. 그녀는 시간이 흐르면 나를 부드러운 남자로 바꿀 수 있다고, 사람들도 나를 좋아할 수 있으리라고 믿었을 것이다. 심지어 그녀와 사귀기 시작했던 첫날부터 나를 증오의 눈빛으로 바라보던 위트레네세트의 군발과도 언젠가는 사이좋게 지낼 수 있으리라 기대했는지도 모른다.

세상에! 아버지와 당신은 어쩜 그렇게도 똑같을까요!

잉에보르그는 자주 그렇게 말했다. 그녀의 어머니, 클라라 엘리네는 말수가 적은 조용한 여인이었다. 그녀는 우리가 좀 더 서로에게 친절하게 대할 수 있다면 그것만으로도 좋은 시작이 될 수 있으며, 그렇게 하려면 서로 자주 만나야 한다고 말했다.

틀린 말은 아니었다.

잉에보르그는 성대한 크리스마스 파티와 한여름의 축제 등을 기대했다. 하지만 그런 일은 일어나지 않았다.

그 일은 생각지도 않았던 어느 날 갑자기 일어났다.

그녀는 거실 모퉁이의 안락의자에 앉아 책을 읽고 있었다. 갑자기 책을 무릎에 내려놓은 그녀가 한숨을 푹 내쉬며 말했다.

가족이 그리워요.

가서 만나보면 되잖아.

그런 뜻이 아니에요. 가족들이 가끔 우리 집에도 왔으면 좋겠어요, 톨락. 이곳에 말이에요.

그건 안 돼.

바로 그 때문에 그녀는 성대한 크리스마스 파티와 시끌벅적한 한여름의 축제는 경험하지 못했다. 그녀의 가족은 우리 집에 오는 일이 거의 없었다. 내게서 환영을 받지 못했기 때문이다. 그녀의 가족 중에서 우리 집을 가끔 찾았던 이는 그녀의 언니였던 운니뿐이었다. 그럭저럭 나와 말이 통했기 때문이다. 그녀는 시청의 복지과에서 근무하는 공무원이었고, 몇 해 전에 세상을 떠났다. 그녀에 한해선 나쁜 기억이 없다. 그녀는 어려운 환경에 처한 아이들을 돌봐주기도 했다. 그 아이들의 입장에선 시도 때도 없이 잔소리를 하는 대신 묵묵하게 도움을 주는 여인을 만날 수 있어 훨씬 더 좋았을 것이다.

나도 잉에보르그를 위해 조금 더 노력할 수도 있었다. 내 고집만 내세우지 않아도 되었을 것이다. 그녀가 원하는 삶을 살 수 있도록 도와줄 수도 있었다. 톨락, 나도 삶의 생기를 느껴보고 싶어요. 하지만 나는 그렇게 하지 않았다.

나는 사람들이 많은 곳에서는 살 수 없다.

세월이 흐르면서 그녀도 나를 이해하기 시작했다. 그리고 우리는 조용한 삶을 살았다. 나의 방식대로.

[ + ]

**사람들은 세상의 어떤 일들에 관해선 나와 대화를 나누려 하지 않는다.**

그럴 수도 있다.

개의치 않는다.

잉에보르그라면 내가 사람들과의 대화를 좋아하지 않기 때문이라고 말했을 것이다.

그렇다. 내가 대화를 나누는 사람은 잉에보르그뿐이다.

나는 예전보다 훨씬 말이 많아졌다. 집 안과 마당, 서쪽 들판을 거닐며 잉에보르그와 대화를 나눈다. 가끔은 산에 오를 때도 있다. 하지만 몸이 예전 같지 않았다. 그래서 요즘은 습지에 서서 남쪽 산꼭대기를 바라보는 것으로 만족한다.

잉에보르그?

톨락…….

당신 없는 삶은 너무나 고통스러워.

나도 당신이 곁에 없어서 고통스러워요.

나는 살짝 미소를 지었다.

예전처럼. 아니, 예전에도 그랬던가?

가끔 내 자신을 제대로 바라보고 있는지 궁금할 때가 있다. 나의 객관적인 모습 말이다. 나는 종종 산언저리의 습지에 서서 잉에보르그와 대화를 나누곤 한다. 그럴 때면 그녀가 내게 듣기 싫은 말을 던지기도 해서 혼란스러웠다.

난 나도 모르는 사이에 미소를 짓곤 해. 당신도 그렇게 생각해?

맞아요.

잉에보르그가 말을 이었다.

톨락, 당신은 사람들과 더 자주 만나서 대화를 나누어야 해요.

톨락, 그건 당신에게도 좋은 일이에요. 가슴속에 묻어둔 말을 모두 꺼내봐요.

톨락, 이야기를 해보세요. 후련해질 거예요.

아니야. 난 사람들과 대화를 나누는 게 너무 힘들어.

그렇지 않아요. 당신을 힘들게 하는 건 바로 그런 생각이에요.

잉에보르그, 당신을 안고 싶어.

그러세요.

미안해.

나는 턱이 가슴께에 닿을 정도로 고개를 축 늘어뜨렸다.

다 알아요.

잉에보르그가 말했다.

내가 왜 그런 짓을 했는지 아직도 이해할 수가 없어.

나도 당신이 왜 그랬는지 이해할 수가 없어요.

그건 오도 때문이야.

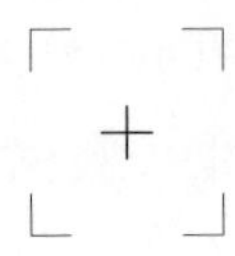

**난 당신을 그 누구보다 더 잘 알아요.**

그래…….

톨락, 난 당신이 원하는 삶을 살고 있지 않다는 것도 잘 알아요.

이런 이야기는 하고 싶지 않아. 당신이 무슨 말을 하는지도 이해할 수가 없어.

톨락, 당신이 그토록 사랑하는 사람에게 어쩜 그렇게도 무자비하게 손찌검을 할 수 있나요?

내가 사랑하는 사람에게 손찌검을 한 게 아니었어. 그녀가 했던 말에 손찌검을 했을 뿐이야.

톨락, 오도는 어떻게 지내나요?

언제나처럼 그럭저럭 잘 지내는 것 같아.

당신은 어떻게 지내고 있나요?

비참하고 고통스러워.

오늘 저녁에 이야기를 해볼 생각인가요?

응, 그렇게 생각은 하고 있어.

아이들에게 모두 털어놓을 건가요?

응, 그렇게 생각은 하고 있어.

톨락, 술을 마셨나요?

음…….

술을 마시지 말아야 했어요.

나도 알아.

당신이 술을 마셨다는 걸 알게 되면 힐레비는 당신과 이야기하려 하지 않을 거예요.

그렇겠지.

아이들이 곧 올까요?

예상대로라면 이미 도착했어야 하는데…….

아마 오고 있는 중일 거예요. 술병을 숨겨두세요. 욕실에 가서 면도를 하고 어깨를 쭉 펴요. 찬물로 세수도 하고요. 내 말을 들어요, 톨락. 정신을 차려야 해요!

알았어, 그렇게 할게.

톨락, 아직도 나를 사랑하나요?

응. 잉에보르그, 당신은 나를 사랑해?

내가 당신을 사랑한다는 건 당신도 잘 알고 있잖아요. 처음

만난 순간부터 당신을 사랑했다는 것을. 심지어 당신이 내게 주먹질을 했을 때조차도. 내가 했던 마지막 말, 당신도 기억하죠?

응.

난 이렇게 말했어요. 이러지 마세요, 톨락. 난 당신을 사랑해요.

┌ ┐
+
└ ┘

**욕실로 가서 거울을 보았다.** 하루가 어떻게 흘렀는지 알 수 없었다. 시간이 서로 겹쳐져 분간이 되지 않았다. 사람들을 거의 만나지 않았다. 그럴 필요도 없었다. 나는 지루한 것이 무엇인지 알지 못한다.

최근 들어 갑자기 현기증을 자주 느꼈다. 숨을 제대로 쉬지 못할 때도 있었다. 그날 저녁 욕실에서 어깻죽지에 생긴 이상한 반점을 발견했다. 언뜻 피멍이 든 것 같기도 했다. 눈을 가늘게 뜨고 자세히 살펴보았다. 푸르뎅뎅한 반점. 어딘가에 부딪쳤던 것일까. 어쩌면 술에 취했을 때 나도 모르게 생긴 피멍일지도 모른다. 시선을 얼굴로 옮겼다. 나는 평소에 거울을 잘 보지 않는다. 거울 속의 내 모습을 자세히 관찰한 적은 더

더욱 없다. 시선을 멈추었다. 내 얼굴에는 짜증이 가득했다. 뺨에도 불긋불긋한 반점이 보였다. 무엇일까? 병에 걸린 것은 아닐까? 나는 평생 아파서 누워본 적이 없는 사람이다. 건강만큼은 자신 있었다. 칫솔을 들어 올렸다. 내 칫솔 옆에는 아직도 잉에보르그의 칫솔이 있다. 그렇다, 나는 아직도 잉에보르그의 물건을 정리하지 않았다. 칫솔에 치약을 묻혀 입으로 가져갔다. 칫솔이 흔들리는 이빨에 닿았다. 입에서 봇물이 터지듯 피가 쏟아졌다.

사형선고.

**아버지는 성직자를 가까이하면 안 된다고 입버릇처럼 내게 말했다.**

그들은 권력을 쥔 몽상가들이야. 이슬람, 가톨릭, 유대교, 개신교 등을 믿는 사람들 말이야. 톨락, 너는 그런 사람들을 절대 가까이하면 안 돼. 그들은 수백 년 동안 기만과 협잡, 부정을 행해왔던 사람들이지. 그중에서도 가톨릭교도가 가장 나빠. 잘난 척하며 돌아다니면서 터무니없는 말로 사람들을 현혹시키는 것만으로도 부족해서 라틴어로 미사를 보고 어린아이들을 현혹시켜 교회로 유인한 후 아동학대까지 행하는 집단이거든. 너도 이 세상의 진실이 어떤 것인지 배워야 해. 그러기 위해서는 두 눈을 크게 뜨고 이성적으로 생각할 수 있어야 한다.

아버지의 말은 내 삶의 기반이 되었다.

어머니는 아버지가 이런 말을 할 때마다 고개를 돌려 못 본 척했다. 잉에보르그도 내가 이런 말을 할 때마다 고개를 돌려 못 본 척했다. 나는 어머니가 슬그머니 욕실로 몸을 피했으리라 짐작했다. 비록 아무도 본 사람은 없지만 말이다. 아마 잉에보르그도 그렇게 하지 않았을까. 아버지는 손을 휘저으며 '여기서는 모두 내 뜻을 따라야 해'라고 말했다. '유령이나 귀신 등 온갖 허황된 존재들은 내 목숨이 붙어 있는 한 이곳에 발을 붙일 수 없어.'

나는 매일 잉에보르그가 마당을 거닌다고 생각했다.

허황된 존재라고?

나는 그녀가 살아 있을 때와 마찬가지로, 내가 직장으로 데리러 가지 않을 때면 오후에 마을 아래쪽 버스 정류장에서 걸어온다고 생각했다. 심지어 언덕을 올라 집으로 걸어오는 그녀를 보았다고 생각할 때도 있었다.

이제 검은 사냥개의 이빨 앞에서 살날이 머지않았건만, 내 성격과 태도를 바꾸고 싶은 마음은 없다. 아니, 오히려 더 나만의 삶을 꼭 쥐고 있을 것이다. 피를 토한 후에 화창한 날씨를 기다리고 싶지는 않다. 나는 죽어가는 병상에서 갑자기 예수를 찾아 애원하는 사람들을 증오한다. 아버지가 그랬던 것처럼. 그때처럼 아버지를 혐오했던 적이 없다. 아버지는 마지막 순간에 평생 삶의 기반으로 삼아왔던 믿음과 내게 가르쳐주었던 자신의 말은 물론, 스스로까지 배신했던 사람이다.

톨락, 목사님에게 연락해!

네?

당장 목사님을 모셔 오라고!

아버지, 지금 무슨 말씀을 하시는 거예요?

존 데이비드 씨에게 연락해! 지금 당장!

아버지, 제가 목사님을 아버지 앞에 모시고 오는 일은 없을 겁니다. 절대로!

내가 시키는 대로 하지 않는다면 넌 내 아들이 아니다!

아버지는 폐의 수포음을 거칠게 내뱉으며 빨갛게 충혈된 눈을 감았다. 반점으로 뒤덮인 왜소한 아버지의 몸은 납작하고 말랑말랑한 레프세*를 보는 것 같았다. 나는 아버지의 병상 옆에 앉아 있었다. 아버지는 꼼짝도 하지 못했다. 코에 연결된 플라스틱 관에는 투명한 액체가 흘렀고, 손에는 링거주사가 꽂혀 있었다. 손가락 하나도 까딱하지 못하는 아버지의 눈은 잔뜩 겁에 질려 있었다. 내게 온갖 욕지거리를 퍼부으며 존 데이비드 목사를 데려오라고 말하기도 했다.

아버지는 지금 두려워하고 있어요. 두려움 때문에 지금 무슨 말을 하는지 스스로도 모른다고요. 어쨌든, 내가 목사님을 모셔 오는 일은 없을 겁니다. 그리 아세요.

그날 오후, 라르스 오게와 그의 가족들이 병원을 찾았다. 내

* 석쇠에 구운 평평한 모양의 노르웨이 전통 빵.

가 세상에서 얀 비다르의 아내보다 더 싫어하는 여인은 딱 한 명이다. 바로 라르스 오게의 아내였다. 보험회사에서 일을 한다고 했던가. 아니, 사실 그녀가 무슨 일을 하는지 잘 모른다. 내가 보기에 그녀는 집안일은 전혀 하지 않는 것 같았다. 게다가 외모에 어찌나 신경을 쓰는지 인조인간처럼 보일 때도 있었다. 들리는 소문에 의하면 그녀는 입술을 성형하고 주름살을 제거하는 수술을 받았다고도 했다.

그들이 울먹이며 병실 안으로 허겁지겁 들어왔다. 마치 항상 아버지의 건강을 염려하고 걱정해온 사람들처럼.

1분도 채 지나지 않아, 그들이 존 데이비드 목사에게 전화를 했다. 그렇게 해서 아버지와 성직자와의 만남이 처음이자 마지막으로 이루어졌다.

잉에보르그의 언니인 운니는 나를 진정시키려 애썼다. 그녀는 내게 아버지의 마지막 소원을 들어줘야 한다고 말했다. 나는 그것이 아버지의 마지막 소원이 아니라 지옥에 갈까 봐 겁이 나서 하는 말이라고 반박했다. 그곳에 더 있을 수가 없었다. 혀끝으로 이를 쓰윽 훑고 나서 병원에서 나와버렸다.

주차장에서 존 데이비드 목사와 마주쳤다. 그는 자신의 오펠 자동차에서 내리려던 참이었다. 그가 내게 다가와 손을 내밀며 악수를 청했다.

나는 그가 내민 손을 잡지 않았다.

안녕하세요, 톨락 씨.

존 데이비드 목사님.

나는 고개를 끄덕이며 말했다.

아버님 상태는 어떤가요?

나는 고개를 저었다.

이렇게 올 수 있어 정말 기쁘게 생각합니다.

저는 전혀 기쁘지 않군요.

몸을 홱 돌려 이 세상에 없는 잉에보르그와 함께 차를 타고 집으로 왔다.

당신의 집으로.

매일 당신이 금방이라도 저 마당 안으로 걸어 들어올 것만 같아.

별안간 내 앞에 서서 환한 미소를 지을 것 같아.

아버지는 그날 밤 숨을 거두었다. 들리는 이야기로는 아버지는 눈을 감는 순간까지 예수를 외치며 어깨 너머로 배운 성가를 불렀다고 한다. 엄청난 고통에도 아버지는 목사님과 대화할 수 있었고, 천국의 한 자리를 약속받았다.

만약 마지막 순간에 내가 그런 모습을 보인다면, 그 전에 누가 내 머리를 베어주기를 바랄 뿐이다.

「 + 」

**나의 손주들.**

그들은 초점 없이 멍한 눈으로 앉아 있었다.

나는 그들 세대를 결코 좋아할 수 없다. 휴대폰을 들고 있는 손. 죽은 손. 죽은 발. 죽은 몸. 그들의 손에 칼을 쥐여주면 칼날과 칼등도 구별하지 못할 것이다. 생각만 해도 구역질이 난다. 그들의 나이엔 숲으로 산으로 다니며 사냥을 해야 한다. 하지만, 그들은 멍하니 집 안에 앉아 있기만 한다. 살아 있지만 죽은 아이들.

그들은 내가 시대에 뒤떨어진 구세대라고 말했다.

할아버지는 참 구식이에요.

맞는 말이야. 나도 그렇게 생각한단다.

시대에 뒤떨어진. 구세대.

그건 내가 원하지 않기 때문이다. 스스로 원하지 않는 사람을 도울 수는 없는 법.

그들은 작년에 나를 중국 음식점으로 초대했다. 누가 보면 매우 착한 아들 며느리라고 생각할 것이다. 얀 비다르는 어쩐 일인지 아내를 설득할 수 있었던 모양이다. 아버지가 어떻게 지내고 있는지 가끔은 찾아봐야 하지 않겠어. 그들은 내가 밍밍하고 아무 맛도 없는 그런 음식을 싫어한다는 걸 잘 알고 있었다. 그럼에도 나를 데리고 시내 음식점으로 갔던 것이다. 음식이 나오기를 기다리는 동안, 아이들은 휴대폰을 만지작거렸다. 아이들의 부모는 무엇을 했냐고? 물론, 아무것도 하지 않았다. 결국 보다 못한 나는 아이의 손에서 휴대폰을 뺏어 물컵에 넣어버렸다.

세상에! 이게 무슨 짓인가요?

잉에레이브가 소리를 지르며 자리에서 벌떡 일어났다. 그녀의 얼굴은 붉게 상기되어 있었다.

당장 집에 가자. 난 여기서 단 일 초도 더 앉아 있을 수가 없어.

그녀가 아이에게 말했다.

괜찮아요. 이 휴대폰은 방수가 잘되어 있거든요.

아이가 물컵에서 휴대폰을 끄집어내며 말했다.

난 지금 술잔을 입에 대고 있어, 잉에레이브. 술을 마실 거야. 왜냐하면 네가 내 손주들과 내 사랑하는 아들의 등골을 빼먹고 있기 때문이지. 난 내 아들을 이렇게 가르치지 않았어. 너도 그건 알아야 해. 나는 적어도 기본적인 예절과 무엇이 옳고 그른지 내 아들에게 가르쳐주기 위해 최선을 다했어. 그런데 내가 알기로 너는 다른 남자와 바람을 피우고 있지? 네 남편, 내 아들을 배신하고 말이야. 잉에레이브, 내가 원하는 게 뭔지 알고 있나? 난 아무도 없을 때 어둠 속에서 너와 단둘이 만나고 싶을 뿐이야. 너도 내 주먹맛을 보고 싶지 않아? 원한다면 네 몸속에 내 주먹을 넣어줄 수도 있어. 너 같은 인간을 혐오하기 때문에 나는 지금 술을 마시고 있어.

**톨락?**

지금 거기 있나요?

내 사랑하는 남편?

지금 거기 있어요?

진정하세요, 톨락. 자제해야만 해요.

밖으로 나가요, 톨락. 지금 당장. 밖으로 나가세요.

마당으로, 들판으로, 숲속으로.

얼른 나가 산을 올라봐요. 오두막에도 가보세요.

얼른 나가봐요.

그런 당신의 모습은 보고 싶지 않아요.

울분이 가라앉으면, 그때 다시 돌아오세요. 내 말을 듣고 있나요?

톨락?

「 + 」

**사랑하는 나의 아내, 잉에보르그는 가끔 교회에 가야만 마음의 안정을 찾을 수 있었다.**

신은 내 머리 위에 손을 얹어 나를 보호해줘요.

나는 혀끝으로 이를 쓰윽 훑고선 그녀의 머리 위에 손을 얹고 싶은 충동을 침과 함께 꿀꺽 삼켰다.

도대체 얼마나 심신이 유약하면 그런 말을 할 수 있을까?

내가 물었다.

얼마나 작고 보잘것없는 존재가 되고 싶은 거야?

톨락, 톨락…….

그녀가 한숨을 푹 내쉬었다.

나는 그녀를 쏘아보았다.

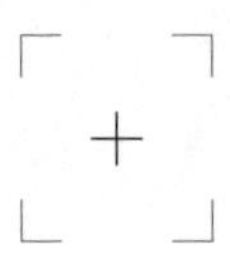

**마지막으로 유베트 마을을 찾았을 때의 일이다.** 약 8년 전으로 기억한다. 몸이 예전 같지 않아 오래 걸을 수가 없었다. 무릎이 몸을 지탱하지 못했다. 나는 홀로 그곳을 찾았다. 빌리가 죽은 후, 다른 개를 키우는 일이란 생각조차 할 수 없었다. 나는 자주 빌리를 떠올렸다. 반려견 없이 산을 오르는 것. 그건 너무나 외로운 일이었다.

유베트의 경치는 숨이 멎을 만큼 장관이었다. 잉에보르그는 그곳의 자연이 저절로 형성된 것이 아니라 신의 치밀한 계획과 섬세한 손으로 창조되었다 해도 믿을 것이라고 했다. 골짜기 마을의 남쪽 산을 올라 스카르베라게트 쪽으로 약 800미터쯤 걷다 보면 완만한 경사지가 나오고, 울창한 숲을 지나

약 1킬로미터 지점에 이르면 내리막길이 시작된다. 구불구불한 길을 거쳐 골짜기 아래 작은 호수에 이르면 이끼 낀 바위와 뇌조의 둥지가 군데군데서 발견된다. 바로 그곳에서 어디선가 갑자기 나타난 듯 입을 크게 쩍 벌린 유베트 마을을 볼 수 있다.

어둡고 깊고 매혹적인 곳.

나는 어릴 때부터 자주 그곳을 찾았다. 내게는 너무나 익숙한 길이지만, 유베트에 이를 때마다 매번 그 장대한 풍경에 숨이 멎을 듯한 감동을 느꼈다. 마을에 전해지는 이야기로는 그 옛날 유베트 마을은 살아 있는 존재라고 했다. 늑대, 곰, 족제비, 담비, 스라소니, 아이와 어른들을 잡아먹는 트롤의 입이었다는 것이다. 사람들은 어느 날 갑자기 유베트가 흙 속에서 꿈틀거리며 일어나 하늘을 나는 독수리를 삼킬 수도 있다고 말했다.

터무니없는 소리였다. 어렸을 때도 그 이야기를 믿지 않았다.

그럼에도 유베트 마을을 볼 때마다 그 이야기가 진짜라는 느낌은 지울 수가 없었다.

유베트 마을에 볼일은 없었다. 단지 다시 그 장대한 풍경을 내 눈 속에 넣고 온몸으로 느끼고 싶었을 뿐이었다. 그러려면 무릎이 조금이나마 내 몸을 받쳐줄 수 있을 때 가보아야만 했다. 어쩌면 잉에보르그가 나를 그곳으로 인도했을지도 모른다. 알 수 없는 일이다. 우리는 자주 그 길을 함께 산책했다. 불쑥 솟아오른 산의 발치에 자리한 작은 호수, 그리고 그 옆에 입을 쩍 벌리고 자리한 유베트 마을.

그곳에는 우리의 아름다운 기억이 서려 있다. 잉에보르그와 나.

8년 전 여름의 기억이 떠올랐다. 바로 그곳, 내 등 뒤에서 발소리가 들렸다. 남자의 발소리였다. 나는 소스라치게 놀랐지만 내색을 하지 않았다.

여기서 만나는군요.

그가 말했다.

나는 재빨리 눈길을 던져 목소리의 주인이 누구인지 확인했다.

어차피 만날 운명이었다면 여기든 저기든 상관은 없겠지요.

그가 미소를 머금으며 말했다.

나는 운명 같은 것은 믿지 않아요.

나는 그에게 고개도 돌리지 않고 유베트 마을을 향해 시선을 고정시켰다.

그렇겠죠. 당신의 말을 부정할 생각은 없습니다.

그의 목소리에는 비웃음이 섞여 있었다.

좋을 대로 생각하세요.

산책하시는 중인가요?

그의 말에 대답하지 않았다.

올해 여름은 유난히 날씨가 좋군요.

그는 팔케달 골짜기에 한 번도 가본 적이 없기 때문에 그곳에 갈 계획이라고 덧붙였다.

나는 여전히 아무 말도 하지 않았다.

그가 자기를 바라보라는 듯 내 코앞에 바짝 다가섰다.

톨락.

함부로 내 이름을 입에 올리지 마세요.

나는 좀 더 크게 말하지 못한 것을 후회했다.

우리가 가까운 사이가 아니라는 건 잘 알고 있어요. 우리는 서로 다른 삶을 사는 데다 생각하는 것도 다르니까요. 하지만, 오늘 이렇게 만난 김에 하나만 물어봅시다. 당신은 왜 그토록 고집이 세나요?

그를 향해 돌아섰다. 더는 참을 수가 없었다. 그의 눈을 뚫어지게 바라보았다. 나이보다 훨씬 젊어 보이는 연푸른색의 눈동자. 내 앞에 서 있는 남자가 육십 대의 노인이라고는 믿기지 않았다.

고집이 세다고요?

네. 우리는 당신에게 합리적인 제안을 했습니다. 톨락, 당신도 잘 알고 있잖아요. 시세보다 높은 가격을 제시했다는 것도 알고 있겠죠? 당신은 우리 제안을 받아들였어야 했어요. 그랬다면 지금쯤 남부럽지 않게 살고 있었을 테죠.

당신들의 제안을 받아들였어야 했다고요?

네.

남부럽지 않게 살고 있을 거라고요?

네, 그렇습니다. 심지어는 당신의 아내, 잉에보르그도…….

당신 입에 내 아내 이름을 함부로 올리지 말아요, 비외른 스테벤.

나는 주먹을 꽉 쥐었다.

내 아내 이름을 한 번만 더 언급했다가는 당신의 삶도 지금 이 자리에서 끝이 날 겁니다.

참…….

그가 고개를 저으며 말을 이었다.

나는 당신이 어떤 식으로 문제를 해결하는지 잘 알고 있어요.

나는 아무 말도 하지 않았다.

그처럼 좋은 제안을 거절하다니……. 당신을 아무리 이해하려 해도 할 수가 없군요. 우리에게 목재소를 팔고, 시내의 목재 도매상에서 함께 일할 수도 있었잖아요. 세상에! 난 당신의 능력을 잘 알고 있어요. 아주 오래전부터 알고 있었지요. 당신은 참으로 부지런한 사람이었어요. 모두들 다 알고 있었다고요. 당신이 우리의 제안을 받아들였다면 지금쯤 훨씬 나은 삶을 살고 있었을 거예요. 당신과 당신의 자녀들은 물론, 당신의…….

닥쳐!

나는 유베트 마을을 향해 성큼성큼 발을 돌렸다. 8년 전 어느 여름날이었다.

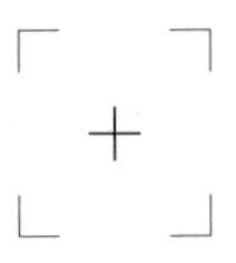

**톨락?**

지금 거기 있나요?

나의 사랑하는 남편?

지금 거기 있나요?

진정하세요. 톨락. 자제해야만 해요.

자, 이제 됐어요.

이제 괜찮을 거예요.

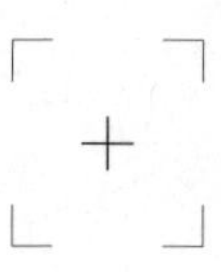

**자제할 수가 없다**. 이래선 안 되는데. 술병을 치우고 유리장식장 문을 닫았다. 찬물을 얼굴에 끼얹고 술을 토해냈다. 면도를 하고 셔츠를 입었다. 이 일은 해내고야 말 것이다.

내 몸을 갉아먹는 병마는 거의 생각하지 않았다.

며칠 전 병원에 가보았다. 30년 만에 처음으로 발걸음을 한 병원이었다. 의사에게 증상을 설명하고 얼굴과 몸에 생긴 반점을 보여주었다. 입속에 피가 흥건하게 고였던 것도 이야기했다. 피검사를 받았다. 그로부터 며칠 지나지 않아 병원에서 전화가 걸려왔다.

톨락 씨, 그리 낙관적으로 보이지 않습니다.

저도 예상한 일입니다.

악성종양입니다.

저도 짐작했습니다.

당신의 아버지처럼…….

저도 그러리라 생각했습니다.

많이 늦었어요, 톨락 씨.

저도 그렇게 생각합니다.

입원을 하셔야 할 것 같습니다.

싫습니다.

그렇다면야…….

그게 전부였다.

면도를 했다. 구토를 하고 피를 토해냈다. 셔츠를 입었다.

잉에보르그, 난 이 일을 꼭 해내고 말 거야.

시간이 별로 없어.

전화가 왔다. 무슨 일일까?

「 ┼ 」

얀 비다르였다.

수화기를 들고 잉에보르그의 거울에 비친 내 모습을 바라보았다. 얼굴이 셔츠 색깔과 마찬가지로 창백했다.

면도를 하고 옷을 갖추어 입었어.

술에 취한 것 같군요.

아니야. 곧 괜찮아질 거야.

오늘 못 갈 것 같아요.

왜?

힐레비가…….

힐레비?

네, 힐레비가 갈 수 없다고 해서 도중에 멈출 수밖에 없었어요. 견딜 수 없다고 하더군요. 저도 어쩔 수가 없어요. 오늘 저녁엔 힐레비를 우리 집에 데려가서 재워야 할 것 같아요.

이미 그렇게 먼 길을 왔는데 그게 말이 되는 소리야?

다시 거울 속의 내 모습을 바라보았다. 잉에보르그의 의자에 앉아서. 잉에보르그는 그 의자에 앉아 친구들과 전화로 수다를 떨고는 했다. 머리끝까지 짜증이 솟구칠 때까지.

어쩔 수 없어요.

얀 비다르가 말했다.

하지만, 얀 비다르…….

나는 목소리를 낮추어 말했다. 귓전을 스치는 내 목소리가 너무나 낯설었다.

먼 길을 왔잖아. 게다가 넌 이미 힐레비를 공항에서 데려온데다…….

아버지, 안 된다니까요!

침묵이 흘렀다. 숨이 가빠졌다. 가슴이 뛰었다.

힐레비가 정신이 나간 것 같아요. 통제가 안 돼요.

통제가 안 된다고?

자제시키려고 노력해보았지만 소용이 없었어요.

알았다.

힐레비에게 지난 일은 잊고 새로 시작하자고 말해보았어요. 우리의 이야기를 들어보라고 말했죠.

그래, 그래. 내가 하고 싶은 말도 바로 그거야.

하지만, 그렇게 할 수 없대요.

그래?

그건 그렇고, 아버지가 우리에게 하실 말씀은 뭔가요?

오도에 관해서 이야기하고 싶었어.

오도에 관해서 이야기하고 싶었다고? 내가 한 말에 스스로 놀라지 않을 수 없었다. 그것은 내가 하고 싶었던 말이 아니었다. 나는 그들의 어머니가 실종되었던 날 무슨 일이 있었는지 진실을 말해주고 싶었다. 왜 그녀가 갑자기 자취를 감추었는지, 왜 나의 내면에 있던 낯선 남자의 모습이 별안간 고개를 들었는지, 그리고 그 낯선 모습이 그녀를 이 세상에서 사라지게 만들었다고 밝히고 싶었다. 하지만 잉에보르그의 의자에 앉아 전화기를 들고 있던 나는 오도의 이야기를 하고 싶었다고 말했을 뿐이었다.

이상했다.

내 입을 통해 나온 그 말은 내 안에 존재하는지도 몰랐던 무언가를 건드렸다. 무언가 거대한 것. 끝이 보이지 않는 평원 같은 것. 나는 그 이야기를 지금껏 아무에게도 하지 않았다. 숨겨왔던 그 이야기들은 내 가슴속에 단단하게 도사리고 있다가 세월과 함께 조각조각 부서지는 중이었다. 하지만 그 말을 내뱉은 순간 나는 그것이 아직도 내 가슴속 한편에 자리잡고 있음을 깨달았다. 오도에 관해 이야기하고 싶었다는 것.

얀 비다르? 내 말 듣고 있니?

잠자코 귀를 기울였다. 꽤 오래 침묵이 흘렀다고 생각했다.

오도……. 아버지가 하시고 싶은 이야기가 오도에 관한 것이라고요?

응.

나는 들릴 듯 말 듯 나직이 중얼거렸다.

아버지, 우린 이미 오도에 관해 모든 것을 알고 있어요.

아니야.

아버지, 우린 다 알아요. 아직까지도 우리가 아무것도 모른다고 생각하시나요? 어머니도, 우리도 이미 오래전에 다 알고 있었어요. 단지 오도만 모르고 있을 뿐이죠.

그가 한숨을 내쉬며 말했다.

잠깐만! 지금 너희들은 어디 있니?

우린 지금 수산물 물류센터에 있어요.

수산물 물류센터에 있다고? 이곳으로 오는 중인 줄 알았는데……. 도대체 지금 거기서 뭘 하고 있는 거야? 여기까지 오려면 몇 시간이나 걸리잖아. 얀 비다르. 잠깐만! 난 면도도 했고, 옷도 갈아입었고…….

아버지, 바쁜 일이 생겼어요. 전화를 끊어야 해요.

그가 내 말을 끊었다.

잠깐만! 전화를 끊지 마, 얀 비다르.

짧은 시간 내에 아들의 이름을 연거푸 불렀다. 자주 있는 일은 아니었다.

아버지, 없던 일로 해주세요. 아버진 지금 취했어요.

아니야, 아니라니까! 내 말을 들어봐!

힐레비에게 가봐야 해요. 오늘 저녁 힐레비를 우리 집으로 데려갈 생각이에요. 우리의 대화는 다음으로 미루기로 해요. 오도를 잘 보살펴주세요. 아버진 오도를 사랑하시니까요.

잠깐만! 기다려! 내게 병이 생겼어. 암이야. 살날이 얼마 남지 않았어. 죽기 전에 너희들을 만나보고 싶었어.

┌ ┐
+
└ ┘

**오도? 너는 지금 어디서 뭘 하고 있니?**

하루 종일 그를 어디서도 볼 수 없었다.

갑자기 그가 거실에 들어와 내 눈앞에 서 있었다.

그는 트레이닝 바지와 헐렁한 흰색 티셔츠를 입고 있었다. 왠지 불안해하는 것 같았다. 그가 손가락으로 나를 가리키며 말했다.

말하는 걸 봤어.

나는 그에게 한 발짝 다가가며 미소를 지었다. 그에게 미소가 필요하다는 생각이 스쳤기 때문이다.

그게 무슨 뜻이니, 오도?

그가 시선을 아래로 내린 채 턱을 치켜들며 다시 나를 손가락으로 가리켰다.

전화했어. 말했어.

그의 목덜미에 핏줄이 불쑥 솟아오르는 것이 보였다. 결코 좋아할 수 없는 광경이었다.

아니야, 오도. 아니…… 그래, 네 말이 맞아. 전화를 하고 있었어.

그는 화를 내고 있었다. 입을 앙다물은 것으로 보아 화를 내는 것이 분명했다. 그가 내게 성큼성큼 다가왔다. 오도. 그는 힘이 무척 셌다. 엄청나게 힘이 셌다.

오도, 지금껏 어디서 뭘 하고 있었니?

나는 침착하게 말을 걸었다.

그가 점점 가까이 다가왔다.

누구?

그가 물었다.

무슨 뜻이니?

그가 내 코앞에서 발을 멈추었다. 그의 입술이 씰룩거렸다.

누구?

누구와 전화를 하고 있었냐고?

그가 고개를 끄덕였다.

얀 비다르와 통화를 했어.

그가 내 얼굴을 손가락으로 가리켰다. 그가 내 셔츠를 손가락으로 가리켰다.

그가 괴성을 지르기 시작했다.

[ + ]

**나는 그를 방으로 데려갔다.**

그가 그런 모습을 보일 때면 으레 하는 일이 있었다. 두 팔로 그를 감싸고 그가 마음껏 소리를 지르도록 가만히 놓아두었다. 그가 다시 조용해질 때까지 나는 그를 꼭 안아주었다.

그를 방으로 데려가는 일은 쉽지 않았다. 그는 무슨 이유에선지 자신의 방을 싫어했다. 가능하면 그 방이 아닌 다른 곳에서 시간을 보내고는 했다. 나는 그 이유를 알아내지 못했다. 우리는 아니, 잉에보르그는 처음 몇 해 동안 온갖 수단과 방법을 동원해 그를 방에 들여보내려 노력했다. 나는 그녀의 뒤를 따라다니며 그녀가 시키는 대로 했다. 그녀는 방안의 가구를 재배치했고, 벽에 새로 페인트칠을 하기도 했다. 하지만 우리가 무엇을 하든 오도는 자신의 방에 들어가려 하지 않았다. 결국 우리는 포기할 수밖에 없었다. 나는 아직도 그 이유를 알지 못한다. 오도는 그런 아이였다. 우리는 오도를 위해 할 수 있는 일은 모두 했다. 특히 잉에보르그는 오도를 데리고 소위 전문가라고 하는 사람들을 수도 없이 만나보았다. 직장 동료에게 자문을 구하거나 여러 병원을 찾아다니기도 했다. 하지만 그 모든 것은 아무 소용이 없었고 우리는 결국 포기해야만 했다. 아니, 어떻게 말해야 할까. 오도를 위해 우리가 더 할 수 있는 일은 없다는 사실을 깨달았다고 해야 할까.

오도는 폭포수 아래에서 낚시하는 것을 좋아했다. 그는 산에 오르는 것을 좋아했고, 외양간에 홀로 앉아 있는 것을 좋아했다.

우리는 그를 다시 학교에 보내려 노력해보았지만 그 또한 소용이 없었다. 그는 학교 수업을 따라가지 못했을 뿐 아니라, 다른 아이들과도 어울리지 못했다. 학교는 오도와 같은 아이들에게 아무런 도움을 주지 못했다. 결국 우리는 그가 그만의 삶을 살아갈 수 있도록 옆에서 지켜보는 수밖에 없었다.

나는 그를 방으로 데려갔다. 그는 마치 난생 처음 그 방에 들어서는 듯 여기저기 어색한 눈길을 던지더니 마치 어린아이처럼 침대에 털썩 드러누웠다. 그 모습을 본 나는 가슴이 미어지는 것 같았다. 나는 울고 또 울었다. 눈물이 멈추지 않았다. 곧 자정이 될 것이다. 나는 거실 의자에 앉아 있다. 여전히 술에 취한 채. 술기운에서 벗어날 수가 없다.

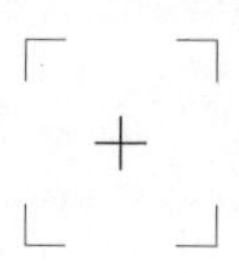

**그는 문을 잠그고 방에서 나오려 하지 않았다.**

오도. 오도, 거실로 나와. 거기 혼자 앉아 있어봐야 좋을 건 하나도 없어. 얼른 나와.

말을 걸어보았다.

아버지에게 와보렴.

자물쇠를 푸는 소리가 들렸다.

나는 몸을 일으켰다. 그의 방문 앞으로 걸어갔다.

방문을 열었다.

아버지에게 와보렴.

그는 벽을 향해 돌아선 채 양손으로 귀를 막고 있었다.

얼른 나와봐.

그는 여전히 양손으로 귀를 막은 채 벽을 보며 서 있었다.

아버지!

그에게 소리를 질렀다.

나를 아버지라고 불러봐! 내게 한번쯤은 아버지라고 할 수도 있잖아!

방 안으로 들어가 양손으로 그의 어깨를 거머쥐고 마구 흔들었다.

아저씨…….

그가 기어드는 목소리로 말하며 내게로 몸을 돌렸다. 아저씨, 아저씨, 아저씨, 아저씨.

그 눈빛이 무엇을 말하고자 하는지 알아낼 수가 없었다. 그의 어깨를 잡았던 손을 놓았다.

내 모습이 마음에 들지 않았다.

이제 남은 것은 그와 나, 오직 둘뿐인데도.

그가 침대에 누워 베개에 머리를 뉘었다. 나는 그의 눈앞에 주먹을 가져갔다. 그의 의붓어머니를 죽음에 이르게 했던 그 주먹을. 조심스레 그의 머리를 쓰다듬어주었다. 그처럼 조심스럽게 아이의 머리를 쓰다듬은 것은 처음이었다. 집게손가락과 가운뎃손가락을 펴서 그의 이마 위에 흘러내린 잔머리를 쓸어주었다. 아이들이 아플 때면 잉에보르그가 하던 일이었다. 나는 내가 아닌 다른 사람이 되기 위해 최선을 다했다. 어떤 사람이 되어야 하는지는 알 수 없었다. 단지 이 삶을 살았어야 할 사람. 또 다른 톨락. 나는 그를 쓰다듬었다. 그의 숨소리가 서서히 진정되기 시작했다. 그가 편안한 미소를 지었다. 지금껏 손에 꼽을 만큼 자주 보지 못했던 모습이었다.

그의 미소가 낯설다. 반면에, 그가 내지르는 고함 소리는 너무나 익숙하다. 그리 자주 있는 일은 아니지만, 그는 한번 비명을 지르면 집 안이 떠나갈 듯 큰 소리를 냈고 꽤 오래 지속되었다. 가슴속에 맺힌 응어리를 풀기 위해 소리를 지르는 것 같았다. 그것은 한 번으로 끝나지 않고, 반복에 반복을 거듭했다.

오도는 한마디로 설명할 수 없는 사람이다.

그가 자신을 이해하는지는 알 수 없다. 나는 항상 내가 누구인지, 내가 어떤 사람인지 잘 알고 있었다. 하지만 오늘은 확신이 서지 않았다. 오도는 우리가 사는 이 세상을 이해하지 못한다. 그는 자신이 살고 있는 세상을 자기만의 눈으로 바라보고 이해한다. 그는 우리가 사는 세상에서 어떻게 살아나가야 하는지 알지 못한다. 그는 자신만의 세상 속에서 어슬렁어슬렁 돌아다닌다. 그런 오도에게 아무도 뭐라고 할 수는 없다. 만약 그런 사람이 있다면 내가 가만히 놔두지 않을 것이다. 왜냐하면 그는 나의 오도니까. 내가 세상에서 가장 사랑하는 오도. 나는 그 말을 오도에게 해줄 것이다. 지금 당장.

오도, 너는 내가 세상에서 가장 사랑하는 사람이야. 그리고 나는 너의 아버지란다.

「 + 」

**눈이 부실 만큼 환한 빛이 거실 안으로 새어 들어왔다.** 자동차 헤드라이트 불빛. 오도의 머리를 쓰다듬어주던 손을 거두었다.

아이들이 왔어.

나는 혼잣말처럼 중얼거렸다.

침을 삼키기가 힘들었다.

오도? 아이들이 왔어.

숨이 잘 쉬어지지 않았다.

나는 몸을 일으켰다. 오도는 꼼짝도 않고 가만히 누워 있었다. 마치 그 누구의 눈에도 띄지 않으려는 듯. 집 앞에 도착한 자동차의 엔진음이 멈추었다.

처음부터 이 일을 시작하지 않았더라면 얼마나 좋았을까.

아이들이 아예 여기 오지 않았더라면 얼마나 좋았을까.

서쪽 들판.

오도가 말문을 열었다. 마치 갑자기 평범한 사람이라도 된 것처럼. 우리와 다름없는 사람이라도 된 것처럼. 나는 이해할 수가 없었다.

서쪽 들판에 관해서는 한마디도 하면 안 돼요, 아버지.

# 4

TOLLAK TIL INGEBORG

**방문을 닫고 거실로 나갔다**. 유리장식장 안에 있는 술병에 가장 먼저 눈이 갔지만 손을 대지 않았다. 거실은 창밖의 자동차 불빛으로 환했다. 자동차 불빛이 사라지고 거실에 희미한 어둠이 깃들 때까지 나는 제자리에 꼼짝도 않고 서 있었다. 이제, 얀 비다르가 차에서 내릴 것이다. 그리고 그들은 마당을 가로질러 집 안으로 들어올 것이다. 우리는 해야 할 일을 하면 된다.

마당을 가로질러 현관문 앞으로.

그들은 산 채로 내 피부를 벗겨낼 것이다.

잉에보르그, 그들이 오고 있어.

우리 아이들이 여기 왔다고.

가슴속에 치밀어 오르는 알 수 없는 무언가를 침과 함께 꿀꺽 삼킨 후 소파에 앉았다. 아니, 잠깐만. 잉에보르그, 나는 당신의 의자에 앉았어. 당신의 책들은 아직도 여기 있어. 나는 의자에 앉아 있을 것이고, 아이들은 하고 싶은 대로 하면 된다. 후손들이 자신들의 뿌리를 걷어내기 위해 이곳에 왔다. 문득, 언젠가 힐레비가 쓴 기사를 읽은 기억이 떠올랐다. 몇 년 전의 일이다. 이 거대한 나라의 국민들은 한데 뭉치지 못한다. 특히, 수도에 사는 사람들은 우리가 얼마나 동떨어진 삶을 살고 있는지 알지 못한다. 그들은 우리를 모른다. 나의 딸은 기사에서 나를 비롯한 남성들을 하나하나 짓밟아 내리고 우리의 머리에 차례차례 총을 겨누었다. 딸아이는 세상의 모든 부정적인 일들을 우리의 책임으로 돌렸고, 우리가 여성들을 무시하고 비하하며 인간의 보편적인 감정과 정서는 알려고도 하지 않는다며 비판했다. 누구를 염두에 두고 그런 글을 썼는지 너무나 잘 알고 있었다.

힐레비, 난 너의 글이 누구를 가리키는지 잘 알고 있어.

바로 너의 아버지.

물론 내 이름을 볼 수는 없었지만, 네가 쓴 글이 바로 나를 염두에 둔 것이라는 걸.

이제 곧 네가 오는구나. 나의 딸.

알고 있니, 힐레비? 네 아버지가 세상에서 가장 사랑하는 사람이 바로 너라는 걸?

알고 있니? 네 가슴 한구석에 자리한 것이 무엇인지?

너와 나. 힐레비. 우리는 서로 너무나 닮았다는 사실을.

결국 술을 마시고 말았다. 머리가 어질어질했다. 다시 유리 장식장 앞으로 성큼성큼 다가가 한 모금을 더 마셨다. 두 모금, 세 모금. 단 몇 초밖에 걸리지 않았다. 가슴이 불에 타는 듯했고, 머리는 깨질 것만 같았다. 술을 얼마나 많이 마셨는지 기억할 수 없었다. 아무래도 상관없는 일이었다.

힐레비가 병원에 입원했다는 소식을 들었다. 정신병원이라고 했다. 그로부터 몇 달 후, 신문에 힐레비의 글이 실렸다. 힐레비는 자신이 무슨 일을 했는지 잘 알고 있는 것 같았다. 나는 그녀가 정신병원에 입원한 것이 그리 이상한 일은 아니라고 생각했다. 도대체 세상은 딸아이에게 무슨 짓을 한 것일까. 시골 소녀가 시끌벅적한 대도시에 가서 머리가 이상해지는 건 그리 바람직한 일이 아니다.

힐레비. 차라리 내게 전화를 하지 그랬어. 그러면 내가 너를 당장 집으로 데려올 수 있었을 텐데.

문이 열리는 소리가 들렸다. 손잡이가 내려가는 소리. 현관으로 들어오는 발소리. 신발을 벗는 소리. 얀 비다르의 목소리.

아버지?

나는 헛기침을 하며 목을 가다듬었다.

저희 왔어요.

문득 석고상처럼 가만히 앉아 있으면 안 된다는 생각이 스쳤다. 마치 시종을 기다리는 왕처럼 보일 것 같아서였다. 나는 창문 쪽으로 걸어갔다. 도무지 그 상황을 좋아할 수가 없었다. 처음부터 아예 시작도 하지 않았다면 좋았을 것이다. 아이들에게도 좋을 것이 하나도 없다. 지금 와서 진실을 밝힌다 해서 그들에게 무슨 도움이 될까.

아이들이 지금 당장 되돌아갔으면 좋겠다고 생각했다. 아니, 처음부터 이 집에 발을 들이지 않았다면 더 좋았을 것이다.

돌아가.

아버지?

나는 커튼을 옆으로 젖히고 창밖의 어둠을 응시했다. 반달이 내뿜는 희미한 빛이 마당을 비추어 내렸다. 어둠은 다른 모든 것들을 집어삼켰다. 하지만 얀 비다르의 자동차를 볼 수 있었다.

아버지, 지금 어디 계시나요?

네 목소리를 듣고 있어, 얀 비다르. 내가 어디 있냐고 물을 필요는 없어. 넌 내가 여기 있다는 걸 잘 알고 있잖아.

귀를 기울인 채 잠자코 기다렸다.

현관의 발소리는 한 사람의 것이었다. 두 사람의 것이 아니었다.

하지만 집에 들어오지 않은 이의 발소리도 들을 수 있었다. 눈을 가늘게 뜨고 어둠 속을 응시했다. 사냥개처럼 귀를 쫑긋 세웠다. 자동차 옆, 어둠에 묻힌 존재가 눈에 들어왔다. 그의 하얀 입김이 거뭇거뭇한 하늘을 향해 스멀스멀 피어올랐다.

이곳에 없는 이의 발소리를 들을 수 있었다.

어둠 속의 힐레비. 자동차 옆에 서 있는 나의 딸.

가냘프고 연약한 존재.

등 뒤에서 얀 비다르의 목소리가 들렸다.

안녕하세요, 아버지.

힐레비는 오빠와 함께 들어오지 않고 마당에 서 있었다. 창 너머 어슴푸레 보이는 실루엣. 마당의 램프 불빛 아래 그림자를 드리우는 그녀. 다시 담배를 피우기 시작한 것일까. 힐레비의 머리 위로 스멀스멀 피어오르는 담배 연기가 어둠과 뒤섞이더니 어느새 자취를 감추었다.

안녕, 얀 비다르.

나는 뒤를 돌아보지 않고 그에게 인사를 건넸다.

창 너머로 보이는 힐레비는 너무도 왜소했다. 손만 대도 부서질 것 같았다. 세상은 도대체 딸아이에게 무슨 짓을 했을까? 세상은 내게서 힐레비를 빼앗아갔다. 세상은 힐레비에게서 익숙한 삶을 빼앗고 그 애에게 고통을 주었다. 눈에 넣어도 아프지 않을 나의 작은 딸을 저렇게 만든 건 무엇일까. 그토록 천진난만하고 밝은 아이였는데. 스키를 타고 언덕을 오르락내리락하던 건강한 아이가 컴컴한 마당에서 담배를 피우고 있다. 자신을 낳아준 아버지와 얼굴을 마주하는 것도 꺼리고서. 도대체 세상은 나의 딸에게 무슨 짓을 한 것일까. 머리카락을 휘날리며 마당을 뛰놀던 작은 소녀. 잉에보르그는 허리에 손을 얹고 그런 힐레비를 바라보며 웃음을 터뜨리곤 했다.

톨락, 저길 봐요.

저길 좀 보라고요.

마당에서 뛰어노는 모습이 마치 작은 야생마 같아요.

그렇다. 우리는 작고 사랑스러운 야생마를 낳았다. 얼굴에 웃음을 잃지 않는 예쁜 딸아이를 보며 자랑스러워하지 않을 아버지가 세상 어디에 있을까. 힐레비는 지금 마당의 램프 불빛 아래 서 있다. 다시 흡연을 시작한 모양이다. 겁에 질린 듯 구부정한 몸. 살이 빠진 것일까. 작고 허약한 아이. 나는 내 사랑하는 딸 힐레비를 종잇조각처럼 구겨서 어둠 속에 던져버린 존재를 저주한다.

안녕하세요.

다시 등 뒤에서 얀 비다르의 목소리가 들렸다.

힐레비도 자신을 응시하는 내 시선을 알아차린 것이 틀림없다. 내가 창 너머로 자신을 보고 있다는 걸 알고 있다. 우리는 말을 하지 않아도 서로를 느낄 수 있다.

오도의 방에선 아무 소리도 들리지 않았다. 폭풍 전야의 정적일까. 나는 곧 오도가 소리를 지르며 방 안의 물건을 집어 던지리란 걸 안다.

한숨이 절로 새어 나왔다. 오도가 얼마나 오랫동안 방 안에 있었는지 기억 나지 않았다.

집에 들어오지 않고 계속 저렇게 서 있을 생각인가?

얀 비다르는 대답을 하지 않았다. 그도 무슨 말을 해야 할지 모르는 것이 분명했다. 아니, 할 말이 없었을지도 모른다.

흠…… 오랜만에 집에 왔는데…….

네, 그럴 거예요.

등을 돌려 아들을 바라보았다. 그는 장갑 낀 손으로 모자를 벗어 들고 있었다. 눈에는 근심이 어려 있다. 나의 아내, 잉에보르그에게서도 가끔 볼 수 있던 눈빛이었다. 얀 비다르는 평범하고 선한 사람이다.

나는 잉에보르그의 의자에 앉았다. 그녀의 의자에 무척 오랜만에 앉는 것 같다는 생각이 들었다.

귓전에 들리는 내 목소리는 어눌하기 짝이 없었다. 술을 마시면 으레 경험하는 일이었다. 잉에보르그는 내 목소리만 듣고도 술을 마셨다는 것을 알아채곤 했다. 한마디도 더 듣고 싶지 않아요. 어눌하고 바보 같아요. 내가 사랑하는 남편과는 거리가 멀단 말이에요. 톨락, 내가 이런 말을 하는 건 당신을 사랑하기 때문이에요.

얀 비다르도 내가 술을 마셨다는 사실을 알아차렸을 것이다. 그가 거실을 둘러보며 이맛살을 찌푸렸다. 아마도 거실 안에 배어 있는 악취 때문일 것이다.

난 네가 무슨 생각을 하고 있는지 안다.

얀 비다르가 고개를 끄덕였다.

알았어. 정신 차리도록 노력해볼게.

나는 의자에 앉은 채 허리를 쭉 폈다. 그가 다시 고개를 끄덕였다.

아버지, 집안일을 도와주는 사람을 고용하면 어떨까요? 큰 도움이 될 거예요.

이 집에 낯선 사람을 들이고 싶지 않아.

그럴 줄 알았어요.

음.

면도를 하셨군요. 옷도 갈아입으시고…….

응.

얀 비다르가 다시 고개를 끄덕였다.

오도는 어디 있나요?

나는 오도의 방을 손가락으로 가리키며, 얀 비다르가 무슨 말을 하기도 전에 얼른 말했다.

그냥 놔둬. 방에서 나오고 싶으면 제 발로 걸어 나올 거야.

얀 비다르가 이마에 손을 얹고 거실 바닥을 내려다보았다. 나는 익숙한 발소리가 들리는지 귀를 기울였다. 사랑하는 딸아이의 발소리. 술기운이 올라왔다. 얼른 맑은 정신을 되찾고 싶었다.

오도의 방에서는 여전히 아무 소리도 들리지 않았다.

아버지.

얀 비다르의 목소리였다.

오지 않겠다고 하더니 결국은 왔구나.

그게 최선이라고 생각했어요.

나는 어깨를 으쓱 추켜 보였다.

아버지, 밖으로 나가셔서 힐레비에게 들어오라고 한마디해 주시면 안 될까요?

그를 말없이 쳐다보았다.

지금 힐레비에게 필요한 건 사랑이에요. 힐레비는 지금 매우 힘들어하고 있어요, 아버지. 제발 부탁이니 지금 밖으로 나가셔서 들어오라고 한마디만 해주세요.

어쨌거나, 집안일을 도와줄 사람을 고용할 여건은 안 돼.

혼잣말처럼 말하며 의자에서 몸을 일으켰다.

세계 최대의 부자 나라에 살면서 전기세 내기도 힘드니……. 다 정부 탓이야. 국내에서 생산되는 전기는 외국에 팔아버리고, 자국민들에게는 전기세를 두 배로 받아먹으니 말이다.

얀 비다르를 지나쳐 현관으로 갔다.

힐레비가 지금 밖에 있단 말이지?

장화를 신으며 말했다.

네.

등 뒤에서 얀 비다르의 목소리가 들렸다.

알았어.

현관문을 열고 밖으로 나갔다.

**힐 레 비 ?**

딸아이는 마당에 서 있었다.

내 목소리에 힐레비가 움찔했다. 비록 장화를 신기는 했지만, 평소처럼 헐렁한 작업복 바지에 때 묻은 스웨터 차림은 아니었다. 나는 셔츠에다 꽤 그럴듯한 바지를 입었으며, 면도까지 했다. 불빛 아래 발을 멈추었다. 힐레비가 나를 보고 있을까?

계단을 내려가 마당으로 발을 옮겼다. 동쪽에서 불어오는 산들바람은 비를 머금고 있었다. 비가 오면 땅은 다시 생기를 되찾을 것이다.

힐레비, 거기 있니?

딸아이가 발을 옮기며 담배꽁초를 어둠 속으로 던졌다. 담뱃불이 어둠 속에서 서서히 자취를 감추었다.

한 발자국 더 앞으로 나아갔다. 힐레비를 향해. 단지 한 발자국만.

힐레비!

조금 전보다 힐레비를 더 잘 볼 수 있었다. 목이 메기 시작했다. 마치 끓어오르는 우유처럼 무언가가 목을 꽉 채웠다. 지난 시간, 우리가 무척이나 서로에게 소원했다는 생각이 스쳤다. 어쩌다가 이 지경이 된 걸까. 그 애는 마치 창백한 종잇조각 같았다. 잉에보르그도 딸아이의 모습을 보았다면 틀림없이 슬퍼했을 것이다.

춥지 않니?

힐레비는 대답을 하지 않았다.

커피를 끓여놓았어.

힐레비는 여전히 아무 대답도 하지 않았다.

여기까지 온 건 잘한 일이야.

힐레비의 목소리가 들리지 않았다.

들어와.

정적.

그거 아니?

힐레비가 살짝 고개를 들었다. 나는 그제서야 아이의 눈을 볼 수 있었다. 잉에보르그와 마찬가지로 숨이 멎을 만큼 아름다운 눈동자.

네 스키화를 찾아놨어.

힐레비의 눈을 보노라니 마치 잉에보르그의 눈을 바라보는 것만 같았다.

지하실에 있더구나.

다리에 힘이 쭉 빠져 더는 그곳에 서 있을 수가 없었다.

이 나라에서 너처럼 스키를 잘 타는 아이는 없었어.

그녀가 낮게 신음 소리를 냈다. 그것이 무엇을 의미하는지는 알 수 없었다. 그러고는 천천히 발을 옮겼다. 너무나도 가냘픈 몸. 걷는 것조차 힘에 겨운 듯했다. 세상에! 어쩌다 이렇게 변했을까. 도대체 세상은 내 딸에게 무슨 짓을 한 걸까. 힐레비가 내 앞을 지나쳤다. 속삭이듯 나직한 아이의 목소리가 귓전을 울렸다.

안녕하세요, 아버지.

힐레비는 나를 지나쳐 미끄러지듯 램프 불빛 아래 계단을 오른 후, 그 애가 자랐던 집 안으로 들어갔다. 이해할 수가 없었다. 아이들에게 집으로 오라고 말한 것이 후회되기 시작했다. 그들이 와도 좋을 건 하나도 없는데. 아이들에게 무슨 말을 해야 할까. 내 말을 들으면 그들은 다시 절망에 빠질 것이다. 이전보다 더 깊은 절망의 구렁텅이로.

대문을 닫고 천천히 거실로 발을 옮겼다. 힐레비는 의자를 향해 성큼성큼 걸어가고 있었다. 그 애는 얀 비다르와는 달리 거실을 둘러보지 않고 앞만 보며 걸었다. 꽤 오랫동안 집에 오지 않았음에도 집 안에는 전혀 관심을 보이지 않았다. 힐레비가 허리를 굽혀 의자 위에 있던 신문지를 들어 올렸다. 입가에는 불만스런 표정이 어렸다. 두 손을 비빈 후 한숨을 내쉬며 의자에 앉은 힐레비는 턱을 치켜들고 나를 똑바로 쳐다보았다.

커피를 가져올까?

나는 입가에 미소를 지으며 말을 이었다.

집이 많이 지저분하지? 미안하구나. 혼자 있으니 집안일에 신경을 쓰지 않게 된다.

괜찮아요.

힐레비가 말했다.

커피는 사양할게요. 저녁 늦게 커피를 마시면 밤에 잠을 못 자거든요.

거실을 채우는 딸아이의 목소리. 힐레비는 노래도 잘했다. 기억하건대, 그 애의 노래에 감탄했던 사람들이 적지 않았다. 학교 선생님이 아이에게 합창단에 들어가라고 권한 적도 있지 않았던가? 하지만 힐레비는 합창단에는 관심이 없었다. 오로지 스키에만 관심을 보였을 뿐이다.

저는 커피를 한잔 마시고 싶어요.

얀 비다르가 말했다.

그는 아직도 앉을 곳을 찾지 못해 우두커니 서 있었다.

제가 커피를 끓일게요.

그가 부엌으로 가며 말했다.

얀 비다르가 선하고 좋은 사람이라는 생각이 다시 머리를 스쳤다. 그는 아무에게도 위협을 가하거나 겁을 주지 않는다.

힐레비가 고개를 들고 거실을 둘러보았다.

참 오랜만에 집에 온 것 같아요.

나는 그 말에 움찔했다.

힐레비는 오른손으로 왼손의 손등을 문질렀다. 나는 힐레비에게서 그런 말을 들으리라고는 생각지도 못했다. 신문에서 보았던 글과 비슷한 말이 나올 거라 기대했던 것이다. 대도시 사람들에게 익숙한 말들이.

그래, 그런 것 같구나.

오도는 지금 어디 있나요?

힐레비가 눈썹을 추어올리며 물었다.

나는 얀 비다르에게 했던 대답을 딸애에게도 똑같이 되돌려주며, 오도의 방을 손가락으로 가리켰다.

곧 나올 거야.

힐레비가 고개를 끄덕였다.

술을 마셨군요.

나는 어깨를 으쓱했다.

꼭 술을 마셨어야만 했나요?

그녀의 목소리가 통화를 할 때처럼 날카롭게 변했다.

술병을 치워놓았어.

나는 말을 어눌하게 하지 않기 위해 무진 애를 썼다.

힐레비의 눈동자에 그림자가 드리워졌다.

그새 살이 많이 빠졌구나.

그 옛날, 바람에 머리카락을 휘날리며 마당에서 뛰놀던 일곱 살 힐레비를 떠올렸다. 허리에 양손을 짚고 만면에 만족스런 미소를 지으며 고개를 저었던 잉에보르그. 나는 아직도 그녀의 밝은 웃음소리를 들을 수 있었다. 그러나 지금 내 앞에는 어둠이 깃든 눈망울, 축 처진 어깨, 구부정한 목의 가냘픈 힐레비가 앉아 있다. 그녀는 내가 아는 힐레비가 아니었다. 도대체 누가 그녀를 이렇게 망가뜨렸을까.

힐레비, 그들이 도대체 네게 무슨 짓을 한 거니?

힐레비는 대답 대신 내게 질문을 던졌다.

아버지, 병원에선 앞으로 얼마나 남았다고 하던가요?

얀 비다르가 거실에 들어왔다. 커피향이 은은하게 퍼졌다. 부엌의 커피머신에서 물이 내려가는 소리가 들려왔다.

얼마 남지 않았다고 했어.

하지만 우리를 보자고 한 건 그 때문이 아니죠?

힐레비가 말했다.

나는 코웃음을 쳤다. 그럴 생각은 추호도 없었다. 그럴 생각은 전혀 없었는데, 절로 코웃음이 나왔던 것이다. 힐레비 때문이었다. 그녀는 어쩜 그렇게도 나와 닮았을까.

네 말이 맞아.

그렇다면 얼른 말씀해보세요, 아버지.

등 뒤에서 방문이 열리는 소리가 들렸다.

오도가 거실에 모습을 드러냈다. 어쩐 일인지 형제들을 보고서도 오도는 전혀 놀라는 것 같지 않았다. 그는 마치 매일 저녁 그들을 보아온 것처럼 자연스럽게 발을 멈추었다. 오도의 머릿속이 어떤 생각으로 채워져 있는지 궁금해 죽을 지경이었다. 그것은 바다였다. 불쑥 솟아올라 파도와 물거품을 만드는 바다. 우리는 단지 그것을 볼 수 없을 뿐이다.

안녕, 오도!

얀 비다르가 큰형에게 미소를 지으며 인사를 건넸다.

안녕.

오도가 말했다.

힐레비가 의자에서 몸을 일으켰다. 아, 어쩜 저렇게 야위었을까. 그녀가 오도에게 다가가 포옹을 건넸다. 과거 그 어느 때보다 더 긴 포옹이었다. 어쩌면 그녀는 이곳에 살 때 이해하지 못했던 그 무언가를 이제야 깨달았는지도 모른다. 그들이 형제라는 사실을 말이다.

오도는 트레이닝 바지에 검은색과 빨간색 줄무늬가 그려진 티셔츠를 입고 있었다. 오도가 가장 좋아하는 옷이었다.

외양간에 갈 거야.

그가 말했다.

그래, 그러렴.

여기 우리와 함께 잠시 앉아 있지 않을래?

힐레비가 뺨을 쓰다듬자 오도는 슬금슬금 뒷걸음질을 쳤다. 그에겐 낯설기 그지없는 일이었기 때문이다.

외양간에 갈 거야.

그가 현관으로 나갔다.

알았어.

나도 조금 이따 외양간에 들를게.

얀 비다르가 말했다.

오도가 갑자기 발을 멈추고 몸을 홱 돌려 아이들을 쏘아보았다. 불타는 듯한 오도의 시선이 그들에게 차례차례 머물렀다. 몇 초가 지났을까. 그는 다시 원래대로 되돌아왔다.

힐레비, 얀 비다르! 오랜만에 만나서 반가워. 그런데 나는 피곤해. 조금 피곤…….

그가 말을 멈추었다. 자신이 무슨 말을 하고 있는지 모르는 것 같았다.

괜찮아, 오도. 얼른 외양간으로 가보렴.

나는 재빨리 그의 말을 가로막았다.

오도가 나가자 정적이 감돌았다. 얀 비다르는 부엌으로 가 커피를 담은 보온병과 커피 잔 두 개를 가져왔다. 그가 커피 잔 하나를 내게 내밀었다. 힐레비에겐 무언가 다른 걸 마시겠냐고 물었지만, 그녀는 고개를 저었다. 얀 비다르는 벽난로 옆에 있던 등받이 의자를 가져왔다.

오도는 자신의 친어머니가 오세라는 걸 알고 있나요?

힐레비가 창밖을 바라보며 내게 물었다.

너도 알고 있었니?

그녀가 내 말에 코웃음을 쳤다.

아버지는 우리가 그것도 모를 거라고 생각하셨어요? 어쨌거나, 오도도 그 사실을 알고 있나요?

나는 아이들을 차례차례 바라보았다.

무슨 말을 해야 할지 알 수 없었다.

이상했다. 집안의 비밀로 여겨졌던 사실이 이제는 아무 의미도 아니게 된 것 같았다. 오도를 데려온 것은 나였고, 오도의 어머니는 크니펜에서 지금껏 살아왔다는 사실 말이다.

응, 난 오도도 알고 있다고 확신해.

우린 왜 그동안 이 일에 관해선 단 한 마디도 주고받지 않았던 거죠?

힐레비.

나는 딸아이의 눈을 바라보며 말을 이었다.

오도는 우리가 생각하는 것보다 훨씬 많은 걸 알고 있어. 하지만 그와 이런 이야기를 나눈다면 그는 견디지 못할 거야.

그건 아버지 생각일 뿐이에요.

힐레비가 날카롭게 쏘아붙였다.

오도는 평범한 삶을 살 수 없는 아이야. 아니, 그는 어떤 삶도 쉽게 살아내지 못해. 그는 단지 숨을 쉬고 있을 뿐이란다. 나는 오도를 위해 그 어떤 일도 할 수 있어.

힐레비가 나를 뚫어지게 바라보았다. 지지 않으려는 것 같았다.

아버지의 방식이 잘못되었다고 생각하신 적은 없어요?

나는 어깨를 으쓱해 보였다.

그럴 수도 있겠지. 하지만 나는 다른 방식을 시도해볼 수 없었어. 다 오도를 위해서였지.

오도를 위해서였다고요? 그 바보 얼간이 같은 아이를?

나는 주먹 쥔 손을 치켜들었다.

그리고 힘없이 손을 내렸다.

난 오도의 아버지니까.

약 반년 전, 오세가 집에 찾아왔다.

아이들에게 그 이야기도 해줄 수 있지만 차마 입을 떼지 못했다.

저녁 8시, 아니 9시경이었다. 누군가가 대문을 두드렸다. 자주 있는 일은 아니었다. 문을 열자 그녀가 서 있었다. 오도의 어머니. 부스스한 머리카락, 꾀죄죄한 옷차림.

오세, 무슨 일이야?

아이를 보고 싶어.

그녀가 고개를 쳐들며 말했다.

너무 늦었어. 집으로 돌아가.

나는 주먹을 휘두르며 그녀를 위협했다.

그녀는 꿈쩍도 하지 않았다.

안 돼, 그럴 순 없어. 톨락, 당신이 내게 이럴 수는 없어. 아이를 보기 전엔 아무 데도 가지 않을 거야.

그녀가 대문에 몸을 기대며 말했다.

나는 그녀를 마당으로 밀쳤다.

지금 당장 내 집에서 직접 걸어 나가지 않는다면 내 손으로 당신을 끌어낼 거야.

이미 그러고 있잖아.

그녀가 발을 질질 끌며 반항했다.

닥쳐! 난 당신과 아무 이야기도 하고 싶지 않아. 지금껏 코빼기도 안 보이다가 갑자기 나타난 이유가 뭐야? 너무 늦었어. 세월이 너무 많이 흘렀다고. 이렇게 갑자기 나타난 당신을 오도가 어떻게 받아들일 것 같아? 오도 생각은 조금도 하지 않는 거야? 왜 아무 말도 못해? 왜?

나는 그녀의 팔을 꽉 움켜잡았다.

왜? 말을 해보라고!

그녀의 눈빛이 불에 타듯 반짝였다.

당신은 나를 고통스럽게 만들어. 예전에도 그랬어.

무슨 말이야?

움켜쥔 손에 더욱 힘을 주었다.

톨락, 당신은 전에도 나를 힘으로 제압한 적이 있어.

입 조심해.

목소리가 통제할 수 없을 정도로 흔들렸다. 가슴속에 울컥 치솟는 울분을 억누를 수가 없었다. 진정하세요, 톨락. 자제해야만 해요.

힘으로 제압했다고?

그랬지.

힘? 힘이라고?

나는 주먹을 꽉 쥐었다.

톨락, 당신은 내가 무슨 말을 하고 있는지 잘 알고 있어.

아니, 난 당신이 무슨 말을 하는지 몰라, 오세. 힘이라고? 내가 당신을 힘으로 제압했다고?

기억 안 나?

그녀가 거실을 손으로 가리키며 말했다.

나 원!

나는 그녀의 팔을 놓아주었다.

이제 기억이 나는 모양이군.

당신은 그런 식으로 기억하고 있는 거야?

그렇지.

나는 마당에 침을 뱉었다.

당장 꺼져! 다시는 내 눈앞에 나타나지 마!

꽤 오래전의 일이다.

그녀는 대문 앞 계단 위 램프 불빛을 받으며 서 있었다. 머리는 며칠이나 빗지 않은 듯 부스스했다. 긴 금발 머리였다. 크니펜에 살던 오세는 술에 취해 있었다. 나는 그녀를 잘 알지 못했다. 그녀가 왜 거기 서 있는지도 이해할 수 없었다. 오세가 몸을 들이밀었다. 들어가도 돼, 톨락? 신비로운 남자! 당신이 어떻게 사는지 보고 싶어.

그녀의 무릎에서 삐걱거리는 소리가 났다. 그 사실만큼은 지금도 분명히 기억하고 있다. 추운 겨울이었고, 서쪽 들판은 얼음으로 뒤덮여 있었다. 그녀의 재킷 안에 자리한 젖가슴을 볼 수 있었다. 현관으로 들어서는 그녀의 둔부가 눈에 들어왔다. 그녀는 쉴 새 없이 재잘거리며 술주정을 했다. 아, 톨락은 이렇게 사는구나. 그녀의 웃음소리를 들을 수 있었다. 코웃음 치는 소리도 들려왔다. 집 안에 여자가 없다는 건 분명히 알겠어. 그녀가 몸을 굽히고 신발을 벗는 것을 보았다.

여인의 몸. 나는 여자의 몸을 보았다. 그것은 저항할 수 없는 유혹이었다. 분명히 알겠어. 이 집에는 여자가 살지 않는다는 것을. 오세가 코웃음을 치며 말했다. 그녀는 신발을 벗어던지고 부엌을 지나 거실로 향한 후, 의자에 털썩 앉았다. 코웃음을 남은 술주정을 하며 잉에보르그의 것이 될 의자에 앉았던 것이다. 그러더니 무릎을 가지런히 모은 채 두 다리를 벌렸다. 두 팔은 옆으로 축 늘어뜨렸다. 나는 그녀의 젖가슴에서 눈을 뗄 수가 없었다. 그녀가 무슨 말을 했던가?

그녀가 했던 말은 무엇이었던가?

톨락, 마침내 당신도 여자의 방문을 경험하게 되었군.

힘으로 제압했다고? 그렇다. 분명 힘을 사용했을 것이다. 크니펜에 살던 오세에게. 나는 그녀의 몸속으로 들어갔고 그녀는 신음 소리를 냈다. 바로 이곳에서. 지금 내가 앉아 있는 이곳에서. 그날 저녁의 일로 오도가 이 세상에 태어나게 되었다.

오세는 내가 힘을 사용했다고 말했다.

닥쳐! 당장 꺼져! 다시는 내 눈앞에 나타나지 마!

난 내 아들을 보기 전에는 아무 데도 가지 않을 거야.

내게 아이를 맡긴 건 당신이었어.

나도 모르게 주먹에 힘이 들어갔다.

아이를 맡긴 건 바로 당신이었다고! 내게 도와달라고 애원하지 않았어? 남편이 세상을 떠난 후에 홀로 아이를 키우기가 쉽지 않았다고 말했잖아. 오세, 난 그때 모든 것을 명백하게 이해할 수 있었어. 당신은 심신이 미약한 상태였고 제정신이 아니었어. 내가 아이를 받아들였던 이유는 내가 바로 그 아이의 아버지이기 때문이야. 당신이 지금 아이의 어머니라 주장하기엔 이미 너무 늦었어. 다시는 여기 오지 마.

난 아무 데도 가지 않아.

그녀의 팔을 잡고 마당으로 질질 끌어냈다. 그녀는 사지를 버둥거리며 비명을 질렀다.

여기서 꺼져. 오도의 손끝 하나라도 건드린다면 당신도 잉에보르그와 같은 운명을 맞이하게 될 거야.

그녀를 눈 무더기 위에 내동댕이쳤다.

오세는 숨을 헐떡이며 비틀비틀 몸을 일으켰다. 눈물을 흘리며 비명을 삼키는 모습을 보니 그 옛날 내 몸 아래에 누워 있던 그녀, 나를 감싸 안았던 그녀가 떠올랐다. 정욕에 불타는 야생 짐승을 닮았던 여인. 그녀가 한 손으로 입을 막으며 손가락으로 나를 가리켰다.

그렇다면 잉에보르그는…….

그녀를 눈 위에 내동댕이쳤던 그 짧은 순간에도 내 머릿속에는 갖가지 생각이 꼬리에 꼬리를 물었다. 내 몸 아래에 누워 있던 오세, 눈 위에 나자빠져 누워 있는 오세, 그 뒤를 잇는 얀 비다르와 힐레비의 모습. 힐레비, 나의 사랑스런 힐레비. 바람에 머리카락을 휘날리며 마당에서 뛰놀던 아이. 그리고 허리에 두 손을 짚고 아이를 바라보던 잉에보르그. 반년 전 다시 나를 찾아왔던 오세. 그녀는 지금 눈 위에 누워 내게 욕설을 내뱉고 있었다.

세상에! 그래, 톨락! 내가 모를 줄 알았어? 하! 난 다 알고 있었다고. 잉에보르그는 실종된 게 아니었어. 어느 날 갑자기 사람이 사라지진 않아. 톨락. 바로 당신이었군. 잉에보르그를 죽인 건 바로 당신이었다고. 당신이 아니라면 또 누가 있겠어?

나는 손을 들어 그녀의 얼굴을 힘껏 때렸다.

당장 꺼져! 다시는 내 눈앞에 나타나지 마!

[ + ]

**잉에보르그. 아이들이 왔어.**

내가 아이들을 불렀어.

그들이 지금 여기 있어.

당신이 사랑하던 아들. 얀 비다르는 당신에게서 한시도 떨어지지 않았지. 당신과 얀 비다르는 서로 너무 닮아서 난 가끔 놀라기도 했어. 두 사람을 볼 때마다 한 그루의 나무 같다는 생각도 했지. 얀 비다르는 오도에 관해 모든 것을 알고 있다고 말했어. 모두들 아는 사실이라고 말하더군.

어떤 말을 믿어야 할지 확신이 서지 않아. 사랑하는 잉에보르그. 우리는 함께 사는 동안에도 이 일을 비밀로 했어. 그런데도 아이들이 모든 것을 다 알고 있다고? 혼란스러워. 잉에보르그. 그날 저녁 난 무언가에 홀렸던 것이 틀림없어. 아이들에게 전화를 걸지 말았어야 했어.

사람들은 나의 톨락에 관해 전혀 몰라요.

잉에보르그. 당신은 늘 그렇게 말했어.

산골짜기의 신비로운 남자, 톨락. 나는 당신을 사랑해요.

그건 너무나 듣기 좋은 말이었어.

군발의 예언 중 적중한 것도 없지 않았지.

몇 초 동안의 짧은 순간.

갑자기 치미는 분노가 나를 휘감았어.

불과 몇 초 동안의 짧은 순간이었지.

당신의 숨이 멎을 때까지 나는 주먹을 휘둘렀어.

잉에보르그. 지금 당신의 목소리를 듣고 싶어.

당신도 알다시피 난 내 가족은 물론, 나 자신을 위해서도 옳은 결정을 내리지 못하는 사람이야.

진정하세요, 톨락.

[ + ]

**그들은 오도를 알지 못한다.**

그들은 매일 밤낮, 해가 바뀌는 긴 시간동안 오도와 함께 생활하지 않았다. 그들은 오도를 무릎 위에 앉히지 않았다. 그들은 오도가 세상이 떠나갈 듯 소리를 지를 때 두 팔로 감싸 안지도 않았다. 오도를 이해할 수 있는 사람은 아무도 없다. 오도가 어떤 사람인지 아는 이도 없다. 하지만 나는 오도를 잘 알고 있다. 나는 오도에게 무엇이 필요한지, 그가 어떻게 소리를 지르는지, 그가 무엇을 견뎌내고 또 무엇을 견뎌내지 못하는지 잘 알고 있다.

오도는 성인이다. 하지만 그에게 나이는 존재하지 않는다. 그의 가슴속에는 분노하는 어린아이가 살고 있다. 그 어린아이는 세상 밖으로 나오면 안 되는 존재다. 오도에게는 자신만의 공간이 필요하다. 사람들과 어울리지 못하는 그는 자연 속에 있을 때 가장 행복해한다. 자연 안에서 오도는 절대 소리를 지르지 않는다.

나는 오도의 아버지. 내 가슴속 한편에는 오도와 똑같은 존재가 살고 있다.

[ + ]

**잉에보르그, 우리 아이들이 여기 있어.**

아이들이 집에 왔어.

잉에보르그, 내게 말을 해줘.

당신은 항상 무엇이 최선인지 아는 사람이잖아.

이런 말을 당신에게 자주 하진 않았어. 바로 그 때문에 나는 지금 후회하고 있어. 후회하는 건 내겐 몹시 드문 일이야. 우리는 미약한 인간에 불과하기에 지나간 시간을 두고 후회하는 일은 아무런 도움도 되지 않으니까. 당신에게 더 자주 이런 말을 해주어야 했는데. 당신은 매우 특별한 사람이고, 항상 무엇이 최선인지 아는 사람이라고.

아이들에게 진실을 말해주세요, 톨락.

지금?

네.

모든 것을?

그래요.

하지만 그들은 내 말을 들으려 하지 않을 거야.

그럴 수도 있겠죠. 하지만 아이들도 알아야 해요.

내가 진실을 말한다 하더라도 그들이 나를 용서해주지는 않을 거야. 당신도 알잖아.

알아요.

난 인간으로서 할 수 있는 최악의 짓을 했어.

네, 맞아요.

그들에게 말한 후에는 무엇을 어떻게 하면 될까?

아이들을 꼭 안아주세요, 톨락.

나는 그런 일과는 거리가 먼 사람이야.

톨락, 당신의 아이들을 꼭 안아주세요.

┌ ┐
+
└ ┘

**내가 진정으로 하고 싶은 말은,**

우리는 서로 너무나 닮았어. 너와 나.

우리는 서로를 위해 기도하지도 않아.

우리는 서로 다른 시대에 이 세상에 태어났어.

우리는 서로 너무나 닮았어. 너와 나.

너와 대화를 나눌 수 있을까?

난 결코 너에게 아픔을 주고 싶진 않아.

사람들은 내가 나쁜 사람이라 알고 있어.

나의 힐레비.

나는 절대 나쁜 사람이 아니야.

나는 사랑으로 충만한 사람이고, 내가 하는 모든 일은 사랑에서 비롯된 것이야.

우리는 서로 너무나 닮았어. 너와 나.

힐레비, 네가 예전의 밝고 생기 가득한 사람으로 돌아오길 바라. 스키를 그만두기 전의 그 모습을 되찾길 바란단다.

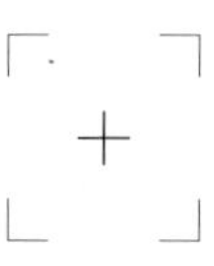

**벽난로에 장작을 던져 넣었다.**

자정이 가까워졌다.

늦은 시간. 이 모든 것이 끝나면 아이들은 칠흑 같은 어둠 속에서 다시 집으로 되돌아가야 한다. 그들은 나이 많은 아버지가 벽난로에 장작을 넣기 위해 구부정하게 몸을 구부리는 것을 보았다. 거실은 먼지로 가득하고 지저분하기 짝이 없었지만 청소를 하기엔 이미 때가 늦었다. 오도는 외양간에 있다. 사람들은 그가 무슨 생각을 하는지 모른다. 나는 몸을 일으켜 힐레비를 흘낏 바라보았다. 힐레비는 두 손을 무릎 위에 얹은 채 의자의 가장자리에 앉아 있었다. 짙은 색의 청바지, 헐렁한 보라색 스웨터. 너무나 가냘프고 연약해 보이는 그녀.

힐레비에게 잘 먹고 잘 자야 한다고 말하고 싶었다. 딸아이를 감싸 안고 이렇게 말해주고 싶었다. 힐레비, 다시 예전의 네 방에서 생활해도 돼. 내가 네 방을 깨끗이 청소하고 페인트칠도 다시 해줄게. 보아하니 힐레비는 지난 몇 달 동안 미용실에도 가지 않은 것 같았다. 어머니를 닮아 조금만 머리를 손질하지 않아도 부스스해지는 곱슬머리를 가진 아이. 나는 잉에보르그에게 그건 전혀 상관없다고 말했다.

힐레비는 지금 무슨 생각을 하고 있을까? 무릎 위에 얹은 두 손. 생기 없는 눈동자. 약을 복용하는 건 아닐까?

그녀 옆에 앉아 있는 얀 비다르는 매우 피곤해 보였다. 여기 앉아 있는 것만으로도 피곤해 어쩔 줄 모르는 것 같았다.

이제 말씀해보세요.

얀 비다르가 말했다.

장작에 불이 붙어 활활 타오르기 시작했다. 나는 의자로 되돌아가 무거운 한숨을 내쉬었다.

그래…….

아버지는 지금 많이 쇠약해지셨어요. 암 때문일 거예요.

나는 고개를 끄덕였다.

그런데도 도움이 필요하지 않으시고요?

응. 지금 내겐 아무것도 도움이 되지 않아.

힐레비는 단 한 마디도 하지 않고 침묵을 지켰다.

이제 말씀해보세요.

얀 비다르가 같은 말을 반복했다.

우리에게 여기까지 오라고 하셨던 이유를 말씀해보세요.

내겐 쉽지 않은 일이구나.

아버지에게 쉽지 않은 일이라고요?

힐레비의 목소리가 날카로웠다. 나는 얼른 그 애의 말을 가로막았다.

내 작은 공주님…… 그런 뜻으로 한 말은 아니야.

난 아버지의 작은 공주님이 아니에요.

그런 뜻으로 한 말은 아니었어.

나는 내가 병중에 고통을 받는다는 것, 그 때문에 말을 하는 게 쉽지 않다는 건 아니었다고 말하고 싶었다.

힐레비가 팔짱을 끼고 나를 쏘아보았다.

이제 때가 온 것 같구나. 너희들에게 모두 말해줄게. 내가 기다리는 것은 아무것도 없어.

아무것도 없다고요?

힐레비가 의자에 앉은 채 발을 살짝 옮겼다. 벽난로 속의 장작이 활활 타고 있었다. 나는 마음을 가다듬고 말문을 열었다.

내가 지금 말하고자 하는 이유는 너희들도 알아야 한다고 생각하기 때문이야. 내 말을 다 듣고 난 후에 너희들이 옳다고 생각하는 일을 하면 돼. 나를 경찰서에 데려가도 되고…….

경찰서요?

힐레비가 다시 발을 살짝 옮겼다.

그래, 너희들이 원한다면.

우리가 왜 아버지를 보르 마그노르에게 데려가야 하죠?

보르 마그노르는 이미 은퇴했어. 지금은 그의 조카 엘다르가 경찰 업무를 보고 있지.

그렇군요. 그런데 왜 우리가 아버지를 경찰서에 데려가야 하나요?

힐레비가 다시 물었다.

난 너희들의 어머니를 무척 사랑했단다.

나는 내 손을 내려다보며 말했다.

사랑했다고요?

힐레비가 끼어들었다.

힐레비, 나도 한 사람을 사랑한다는 것이 무엇을 의미하는지 알고 있어.

고개를 들고 힐레비의 눈을 찾았지만, 딸아이의 시선은 내게 머무르지 않았다.

어쨌든 얼른 말씀해보세요. 이러다간 몇 날 며칠이 걸리겠어요.

알았어. 네 어머니와 나는 서로를 위해주었지.

세상에!

힐레비, 내 말을 끊지 마.

얼른 말씀해보세요.

그래, 난 적어도 우리가 서로를 사랑하고 위해주었다고 생각해. 물론, 모든 일에 한마음 한뜻으로 살아왔던 것은 아니란다. 우린 서로 많이 달랐지. 우리도 그걸 잘 알고 있었어. 하지만 항상 서로를 위했던 건 사실이야. 진정으로 서로를 위하는 사람들이 그러하듯 말이지. 우린 설사 말다툼을 하더라도 화해 없이 잠자리에 들었던 적은 단 한 번도 없어.

맙소사!

내 딸 힐레비는 무척 고집이 센 사람이다. 그날도 다를 바가 없었다. 하지만 나는 힐레비가 서서히 내 말에 귀를 기울이기 시작한다는 걸 느낄 수 있었다.

거기에 관해 자세히 말할 생각은 없단다. 낯 뜨거운 일이니까. 하지만 우리가 함께 서로의 온기를 나누었던 건 사실이야. 그리고 오도가 이 집에 왔지. 오도는 내 아들이야. 너희들도 알고 있었으리라 짐작해. 오세가 어느 날 갑자기 자신의 아이를 맡겼던 건 아니야. 난 이미 알고 있었어. 오도가 내 아들이라는 것을. 그때 내가 잉에보르그는 물론 마을 사람들 모두에게 사실을 말하지 않았던 건 무척 바보 같은 짓이었어. 마을에서 '오도-바보'라고 불리던 아이가 내 아들이었다는 사실 말이지. 하지만 지금 와서 후회한들 아무 소용 없어. 이미 때는 늦었으니까.

힐레비가 몸을 일으켰다. 나는 그녀가 고통스러워한다고 생각했다. 이곳에 앉아 있는 것, 내 말을 듣는 것, 도망쳐 나왔던 과거에 다시 발을 들여놓아야 한다는 것 때문에. 힐레비가 창가로 다가가 내게 등을 보이고 섰다.

똑같은 일이라 하더라도 과거의 눈으로 바라볼 때와 현재의 눈으로 바라볼 때 서로 다르게 보일 수 있단다.

힐레비가 고개를 돌려 나를 똑바로 쳐다보았다.

그런가요?

과거에는 이해할 수 있었던 것을 지금은 이해할 수 없을 때도 있어. 그것은 거대하고 뜨거운 불꽃같은 것이었지. 잉에보르그는 오도가 우리 집에 함께 사는 것을 그리 좋아하지 않았어. 나는 그런 잉에보르그의 모습에 조금 놀랐단다. 그녀는 매우 싫은 티를 냈어.

지금 무슨 말씀을 하시는 거죠?

힐레비가 분노했다.

어머니는 항상 오도를 정성으로…….

나는 그녀의 말을 가로막았다.

물론 그랬지. 하지만 너희들은 그때 매우 어렸어, 힐레비. 너희들은 너희들의 세상을 볼 수 있었지만 어른들의 세상은 보지 못했어. 잉에보르그는 오도를 보살펴주었어도 그 일을 좋아하진 않았단다. 그도 그럴 것이 오도는 함께 살기에 결코 쉽지 않은 아이였으니까. 오도가 태어날 때부터 장애를 가지고 있었고, 사람들과 평범하게 어울리지 못했기 때문만은 아니야. 그건 너희들도 잘 알고 있잖아. 반면 잉에보르그는 누구와도 잘 어울릴 수 있는 따스하고 인간적인 사람이었지.

아이들이 동시에 고개를 끄덕였다.

너희 어머니는 우리가 한 배를 탄 운명이라고 했어. 너희들도 그 말을 기억하지?

그들이 다시 고개를 끄덕였다.

그래, 잉에보르그는 항상 그렇게 말했단다. 선거가 있을 때면, 그녀는 기업이나 부자를 위한 정책을 말하는 정당을 찍지 않았어. 항상 가난하고 고통 중에 있는 사람들을 위하는 정치인들에게 표를 주었단다. 너희들도 잘 알고 있겠지. 하지만 나는 이미 오래전에 투표하는 일을 그만두었어. 그것도 잘 알고 있겠지? 나는 내 발로 세상을 빠져나왔어. 이런 나를 두고 사람들은 물론 잉에보르그도 무슨 말을 하리라는 것을 알아. 그러나 이 사회는 내 얼굴을 정면으로 후려쳤어. 나는 우리 사회가 나아가는 방향에 단 한 번도 동의한 적이 없었단다. 바로 그 때문에 나는 사회와 점점 멀어졌지. 그렇다고 후회하진 않아. 너희 어머니가 실종된 직후 신문에 실렸던 사진을 기억하니?

나는 잠시 말을 멈추었다. 아이들이 잉에보르그의 사진을 기억하는지 확인해보고 싶었기 때문이다. 그들도 기억하는 것 같았다.

그래, 모든 이들의 벗이었던 너희 어머니를 있는 그대로 잘 담아낸 사진이었어. 하지만 나는 사진 속에 나타나지 않은 어머니의 모습도 잘 알고 있지. 그녀는 가끔은 내게 발을 구르며 화를 내기도 하고 매우 고집스러운 면을 보이기도 했단다. 어쨌거나, 나는 잉에보르그가 오도를 받아들이지 못했다는 사실을 지금도 이상하게 여기고 있어.

힐레비가 몸을 움찔하며 얀 비다르를 흘낏 쳐다보았다.

오도를 받아들이지 못했다고요? 어머니가요?

그래.

어머니가요?

그렇다니까.

아이들이 나를 이해할 수 없다는 눈초리로 바라보았다.

내 말을 이해하지 못하는 것 같구나. 너희들은 오도가 우리의 삶에 한 자리를 차지했다고 믿었겠지. 심지어는 너희들의 자리보다 더 큰 자리를. 그도 그럴 것이 너희 어머니는 오도가 의사와 전문가들의 치료를 받을 수 있도록 여기저기 데려가기도 했으니까. 너희들은 잉에보르그가 오도에게 옷을 입혀주고, 목욕을 시켜주고, 참을성 있게 함께 앉아 시간을 보내는 걸 보았어. 오도가 살아가기에 힘들 수밖에 없는 이 세상을 이해시키기 위해서였지. 그런 잉에보르그의 모습을 보며 자랐기 때문에 너희들은 지금 내가 하는 말을 이해하지 못해. 하지만 잉에보르그가 항상 그랬던 건 아니란다. 그녀는 오도가 우리 집에서 함께 산다는 사실 자체를 증오했어. 다른 말로는 설명할 수가 없구나.

뜨겁게 달구어진 벽난로의 열기를 느낄 수 있었다.

너희들의 어머니가 실종된 때는 9월이었어. 기억하지?

네. 어떻게 그날을 잊을 수 있겠어요?

얀 비다르가 말했다.

여느 해와는 달리 굉장히 무더운 9월이었지. 당시 너희들은 모두 집을 떠나 살고 있었어. 얀 비다르는 수산물 물류센터에서 일하며 근처 바닷가 마을에서 살았고, 힐레비는 수도인 오슬로에 가서 네 일을 시작했어.

참! 제 일이라고요?

힐레비가 내 말에 코웃음을 쳤다.

그래, 네 일. 난 네가 무슨 일을 하는지 이해하지 못했어. 이 시골구석에 앉아 네가 사는 세상을 이해하기는 쉽지 않았단다.

아버지는 단 한 번도 제가 하는 일에 관심을 보이지 않았어요.

힐레비가 날카롭게 말했다.

그래, 그럴지도 모르지.

제가 어떻게 사는지 보러 온 적도 없었어요.

내가 그랬니? 그래, 그럴지도 모르겠구나.

아버지는 제 삶에 관해 아무것도 몰라요. 아무것도!

맞아, 아마 그럴 거야.

나는 헛기침을 하며 목청을 가다듬었다. 꽤 오랫동안 말을 했다는 생각이 들었다. 마치 평생 쉬지 않고 말을 하며 살아온 것 같기도 했다. 잉에보르그, 이런 나의 모습이 너무나 낯설어.

나는 자리에서 일어나 벽난로에 장작을 하나 더 넣고 다시 돌아와 의자에 앉았다.

너희 어머니가 실종되던 해 여름이었어. 내겐 모든 면에서 무척이나 고통스러운 여름이었지. 너희 어머니는 서서히 땅 밑으로 기어 들어갔단다.

땅 밑요?

힐레비가 이맛살을 찌푸리며 되물었다.

그래.

땅 밑이라니요? 무슨 뜻이에요?

잉에보르그는 매일 버스를 타고 직장이었던 병원으로 갔어. 너희 어머니는 병원 일에 온 마음을 다했단다. 하지만 휴가 기간이 되자 하릴없이 마당을 거닐기 시작했어. 잠시도 가만히 있질 못했지. 책도 읽지 않았고, 산책도 가지 않았어. 평소 하던 일은 하나도 하지 않았지. 잠자는 시간도 점점 늘어갔고, 반면에 말수는 더 적어졌어. 매우 우울해 보였지. 아이들은 집을 떠나 독립했으니, 그들을 위해 할 수 있는 일도 없었어. 그녀는 그걸 견디지 못했던 것 같아.

세상에! 어머니가 우울해한 이유가 저희 탓이라는 말씀이신가요?

힐레비, 진정하고 내 말을 끝까지 들어봐.

힐레비가 어이없다는 듯 힘없이 두 팔을 벌리며 입을 다물었다.

나는 여느 때와 마찬가지로 내가 해야 할 일만 했어. 홀로 시간을 보내는 건 내게 그다지 어렵지 않았단다. 내겐 강아지도 있었고, 해야 할 일도 있었으니까. 물론, 내 곁엔 오도도 있었지. 하지만 잉에보르그는 점점 우울해했어. 그녀의 친구들은 여전히 바쁜 삶을 살고 있었지만, 그녀는 아이들이 떠난 텅 빈 집에서 무엇을 해야 할지 몰랐을 거야. 지금 돌이켜보니 그랬던 것 같아. 하지만, 당시에 내가 본 것은 그게 아니었단다.

그렇다면 그때 아버지가 본 건 뭐죠?

힐레비가 몸을 앞으로 바짝 당겨 앉았다. 그녀의 얼굴에 이전과는 다른 빛이 어렸다.

나는 어깨를 으쓱 추켜 보였다.

그건 나도 모르겠어.

몰라요?

그래, 전혀 몰랐어. 나는 그때 짜증을 냈을 뿐이란다.

짜증을 내요?

응. 나는 그녀가 어떤 상황에 있는지 전혀 이해하지 못했으니까.

어머니가 어떤 상황에 처해 있는지 이해하지 못했다고요?

맞아. 내 눈에 보였던 건 단지 시간이 남아돌아 어쩔 줄 모르는 여자의 모습이었단다. 나는 이해할 수 없었어. 그토록 밝고 생기 있던 사람이 아무 이유도 없이 어둡고 우울해질 수 있다는 걸 납득할 수 없었던 거야. 너희들도 알고 있겠지만.

우리가 어떻게 그걸 알겠어요?

힐레비가 쏘아붙였다.

물론, 그럴 수도 있겠지. 어쨌든 당시의 나는 그랬어. 축 늘어진 모습, 내가 알고 있는 잉에보르그가 아닌 다른 사람처럼 변해버린 너희 어머니의 모습을 보며 짜증을 냈어.

어머니는 우리에게 아무 말도 하지 않았어요.

얀 비다르가 말했다.

그렇군.

저는 단 한 번도…….

그렇겠지.

얀 비다르는 매우 혼란스러워했다. 내 말이 고통스럽게 들렸던 것이 분명했다. 어린 시절 울기 직전에 눈이 빨개졌던 것처럼 그의 두 눈이 충혈되기 시작했다.

그즈음 어머니의 전화를 받았던 기억이 나요.

얀 비다르가 말했다.

그렇구나.

어머니는 제게 매일 전화를 했어요. 목소리는 너무나 밝고 경쾌했는데……. 이해할 수가 없군요. 일요일이면 집에 와서 함께 식사를 하기도 했잖아요. 집에 오면 항상 밝게 웃으며 저를 안아주곤 했는데…….

그래, 그랬지.

그런데요?

네 어머니는 네가 돌아간 후에 다시 어둡고 우울한 여인으로 변하고는 했어.

힐레비는 어쩐 일인지 침묵을 지키며 조용히 앉아 있었다. 나는 힐레비가 무슨 말을 할까 봐 이따금씩 그 애를 돌아보았다. 마침내 예상했던 날카로운 한마디가 귓전에 와 닿았다.

어머니가 집을 나가 실종된 게 그 때문이에요? 지금 아버지가 하시는 말씀이 딱 그렇잖아요! 우리가 집을 떠나 독립했기 때문에 어머니가 사라졌다고 말씀하시는 거예요?

아니, 그건 아니란다.

그렇다면 아버지가 하고 싶은 말씀은 뭐죠?

힐레비, 네 어머니는 실종된 게 아니야.

마침내 그 말을 하고야 말았다. 거실에 정적이 흘렀다. 들리는 소리라곤 장작이 타는 소리, 먼지가 내려앉는 소리뿐이었다. 얀 비다르가 자세를 고쳐 앉았다. 그의 눈동자가 초점을 잃고 흔들렸다. 힐레비는 턱을 앞으로 내밀며 고개를 갸우뚱했다. 딸아이의 머릿속을 볼 수 있을 것 같았다. 진실을 찾아 우왕좌왕 사방팔방으로 헤매는 생각의 조각들.

실종된 게 아니라고요?

그래.

무슨 뜻이에요?

너희 어머니는 그 모든 것을 오도 탓이라 여겼어.

그 모든 것이라니요? 그게 뭐예요?

너희 어머니가 처했던 상황, 우리가 처했던 상황, 그 모든 것…….

그걸 오도 탓으로 돌렸다고요?

응.

아버지, 그런 터무니없는 말이 어디 있어요? 세상에나!

얀 비다르가 말했다.

너희 어머니는 오도를 보려고도 하지 않았어. 오도에게 음식을 주지도 않았고, 몸을 씻겨주지도 않았어. 오도와 함께 산책을 가지도 않았고, 의사에게 데려가는 것도 그만두었단다.

아버지는 그게 이상한 일이라고 생각하시는 건가요?

힐레비가 고개를 저으며 말했다.

아버지는 정말 그게 이상하다고 생각하세요? 아버지, 오도를 돌봐주려면 하루 종일 함께 붙어 있어야 해요. 그건 신체적 노동일 뿐 아니라 감정적 노동이기도 하다고요. 어머니가 그 일에 잠시 싫증을 느꼈다고 해서 그걸 이상하다고 몰아붙이는 게 타당하다고 생각하세요?

나는 다시 어깨를 으쓱해 보였다.

지금 그걸 이상하다고 말하는 게 아니란다. 단지 그때 무슨 일이 있었는지 너희들에게 이야기하고 있을 뿐이야.

세상에!

힐레비, 네 말대로 그건 결코 이상한 일이 아니야. 적어도 현재의 눈으로 돌아본다면 말이지. 그래, 난 그 당시엔 지금과는 달리 상황을 제대로 보지 못했어. 나를 이해할 수 있겠니, 힐레비? 난 그때 아무것도 보지 못했단다. 내가 보았던 것은 단지 생기를 잃은 네 어머니의 겉모습뿐이었어. 나는 짜증을 냈지. 머리끝까지 짜증을 냈어. 잉에보르그에게 정신 차리라고 화를 내기도 했지. 당시 그녀는 하루도 빠지지 않고 매일 오도 이야기를 하며 불평을 늘어놓았어. 그녀의 입에서 나왔다고 믿기 어려운 말까지 하면서. 그즈음의 몇 달 동안 이 집은 지옥 같았어.

힐레비의 입술이 바르르 떨렸다.

맙소사.

힐레비가 말했다.

아버지의 말을 믿을 수가 없어요.

힐레비가 말했다.

어쨌든, 지금까지 내가 한 말은 모두 사실이야. 그게 바로 그 당시에 있었던 일이란다.

힐레비가 흐느끼며 울기 시작했다.

잉에보르그, 이제 진실을 밝힐 때가 왔어. 우리의 삶을 차지했던 그 몇 초의 순간에 무슨 일이 있었는지.

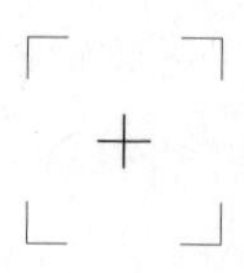

**그날은 목요일이었다.** 예년보다 늦게 찾아온 그해 여름은 9월까지 계속되었고, 야만적인 무더위는 세상의 구석구석으로 찾아들었다.

그날 나는 늦게까지 목재소에서 일을 했다. 자재를 정리하고 창고 공간을 좀 더 늘리면 시내의 목재 도매상과 경쟁을 해볼 수도 있겠다는 생각 때문이었다.

느지막이 집에 돌아온 나는 피곤한 몸을 이끌고 바로 욕실로 들어갔다. 지저분한 옷을 벗어던지고 샤워를 할 생각이었다.

그녀는 욕실 세면대 위에 구부정하게 허리를 굽힌 채 서 있었다. 나는 그녀를 향해 무슨 말인가를 했지만, 그녀는 아무 대답도 하지 않았다. 그녀의 무거운 어깨 너머 들려오는 한숨소리에, 나는 그날도 그즈음의 다른 날과 마찬가지로 무겁고 우중충한 날이 될 것이라 예상했다. 잉에보르그는 오도의 바지를 빨고 있었다. 보아하니 오도가 바지에 실수를 한 모양이었다.

갑자기 그녀가 몸을 홱 돌려 화난 눈으로 나를 쏘아보았다. 그녀의 모습이 너무나 낯설었다.

오도를 쫓아내고 싶어요. 그 바보 얼간이와는 하루도 더 이 집에서 함께 살고 싶지 않아요.

참을 수 없이 분노가 치밀었다.

나는 그녀를 미친 듯 때리기 시작했다. 자제할 수가 없었다. 내 머릿속에는 오직 오도 생각뿐이었다. 오도 오도 오도! 오도의 손끝 하나라도 건드리면 가만두지 않겠어. 아무도 오도에게 그런 말을 할 수 없어! 오도는 내 아들이니까!

그녀의 숨이 멎을 때까지 주먹질을 멈추지 않았다. 그리고, 정적이 찾아들었다.

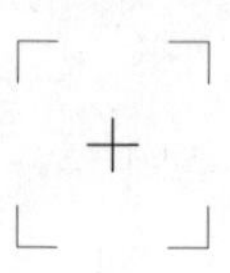

**내 이름은 톨락.**

나는 과거에 속한 사람이다.

나는 이 세상 어느 곳과도 걸맞지 않는다.

나는 악행을 저질렀다. 원한다면 내게 벌을 주어도 좋다.

아이들은 떠났다.

눈물, 분노, 의심과 회의.

지금이 몇 시일까?

자정을 훨씬 넘긴 시간.

어둠 속에서는 아무것도 보이지 않는다.

그들은 떠났다. 다시는 이곳으로 되돌아오지 않을 것이다.

벽난로 속의 장작은 까만 재로 변했다.

나는 무슨 일이 있었는지 모두 털어놓았다.

이제 끝이 난 셈이다.

현관에서 장화를 신고 재킷을 입었다.

마당으로 나갔다.

곧 경찰이 올 것이다. 내겐 아무래도 상관없는 일이다.

나는 이미 이 세상을 떠난 사람이니까.

잉에보르그, 당신이 그리워.

과거에 보지 못한 것을 지금 볼 수 있다 한들 무슨 소용이 있을까.

마당을 가로질러 외양간으로 들어갔다.

그곳에 내 아들이 앉아 있을 것이다.

나는 그를 꼭 안아줄 것이다.

그가 아파할 때처럼. 그가 소리를 지를 때처럼.

문을 열었다. 삐걱거리는 소리. 문에 기름칠을 해야겠다고 생각했다.

오도?

외양간 안은 어두컴컴했다. 오도는 자고 있는 걸까?

그의 침대로 다가갔다.

침대 위로 몸을 굽혔다.

아무도 없었다.

오도?

고개를 들어 외양간 안을 살폈다.

창으로 새어 들어오는 주황색 불빛에 상황을 짐작할 수 있었다.

땅 위의 지옥.

허겁지겁 외양간을 뛰쳐나왔다. 세월에 찌든 노인의 몸이지만 여전히 두 다리는 재빠르게 움직일 수 있었다.

서쪽 들판이 불길에 휩싸여 있었다.

오도. 나의 사랑하는 아들.

도대체 무슨 짓을 한 거니. 나의 사랑하는 아들, 도대체 무슨 짓을 한 거니.

**잉에보르그, 나를 용서해줘.**

무슨 일이 있었는지 나는 잘 알고 있어. 그 일을 한 것은 다른 누구의 손도 아닌 바로 나의 두 손이라는 것도 알아. 나 자신을 두둔할 생각은 추호도 없어.

나는 스스로를 통제하지 못했어.

당신의 무덤은 지금 불길에 휩싸여 있어.

당신을 사랑해. 나는 앞으로도 영원히 잉에보르그의 톨락으로 남아 있을 거야.

**옮긴이** 손화수

한국외국어대학교에서 영어를, 오스트리아 잘츠부르크 모차르테움 대학에서 피아노를 공부했다. 1998년 노르웨이로 이주한 후 크빈헤라드 코뮤네 예술학교에서 피아노를 가르쳤으며, 현재는 스테인셰르 코뮤네 예술학교에서 일하고 있다. 2002년부터 노르웨이 문학을 번역하기 시작했다. 2012년에는 노르웨이 번역인협회 회원(MNO)이 되었고, 2012년과 2014년에 노르웨이 문학번역원(NORLA)에서 수여하는 번역가상을 받았다. 2019년에 노르웨이 왕실에서 수여하는 감사장을, 2022년에는 노르웨이 예술위원회에서 수여하는 노르웨이 국가예술인 장학금을 받았다. 옮긴 책으로는 칼 오베 크나우스고르의 『나의 투쟁』 시리즈와 『가부장제 깨부수기』 『벌들의 역사』 『사자를 닮은 소녀』 『유년의 섬』 『그 여자는 화가 난다』 『우리의 사이와 차이』 등 약 90여 권이 있다.

## 톨락의 아내

**초판 1쇄** 2022년 9월 5일

**지은이** 토레 렌베르그 | **옮긴이** 손화수
**펴낸이** 박진숙 | **펴낸곳** 작가정신
**편집** 황민지 | **디자인** 나영선 | **마케팅** 김미숙
**홍보** 조윤선 | **디지털콘텐츠** 김영란 | **재무** 이수연
**인쇄 및 제본** 한영문화사

**주소** (10881) 경기도 파주시 회동길 216 2층
**대표전화** 031-955-6230 | **팩스** 031-955-6294
**이메일** editor@jakka.co.kr | **블로그** blog.naver.com/jakkapub
**페이스북** facebook.com/jakkajungsin | **인스타그램** instagram.com/jakkajungsin
**출판 등록** 제406-2012-000021호

**ISBN** 979-11-6026-294-0 03850